MW01644890

Kebír García

QUATTUOR

Θ 2023 Θ

Primera Edición

ISBN: 979-8-218-50491-5

Informes y pedidos:

® José L García Ruiz ©
Teléfono. 52 686 188 8705
kebirgarciar@gmail.com
Kebir.Garcia en Facebook

Mexicali, Baja California, México

Para ellos, mis amigos,
quattuor deliberan,
buscaron, encontraron.
Aquí se quedaron.

El entusiasmo,
es la más sublime
manifestación de la razón.

Kant.

Su cuerpo una madeja de atenciones,
acerca, construye todas las bienvenidas,
cuando su sonrisa se abre,
las flores también se abren,
sobre la mesa un puño de ellas acorraladas,
sostienen su gentil olor de miel, de perfumes.

Acompáñame a la mesa - Kebír '16.

PRÓLOGO

QUATTUOR.

Es una obra sugerente, llena de vida, de acontecimientos sorprendentes. Su lectura ofrece un sinfín de claves vitales.

La trama teje narrativas bellas, llenas de matices, estampados anecdóticos, graciosos. Cuando no desenfadados, haciendo de la lectura un gozo.

No es tarde para hacer algo grande, que la formación universitaria no tiene todas las respuestas; fundamental es escoger bien a nuestros amigos, al adversario. El destino personal es algo que hay que construir día con día.

Destacando, como individuo, influir en el curso de la historia. Didáctica, no solo guía, orientar el comportamiento humano, casi siempre impredecible.

QUATTUOR

ÛNUS, DUO.

La historia secular de la brillante dama economista y del intrépido aviador propiamente comienzan con Farah y Pedro.

Siendo la población más retirada, da comienzo en aquel pequeño puerto que parece ser el menos favorable al progreso de personajes hospedados en el arte de la pesca.

Destinados a la representación del intelecto humano en la carrera tecnológica, personajes que saldrán de su pueblo, ocuparán algunos de los capítulos más brillantes e interesantes en su trayectoria profesional. Observar el surgimiento y expansión de grandes ciudadanos inteligentes, conquistadores, navegantes dentro del liderazgo.

El puerto se encuentra sobre el desierto devastado por el sol. Limitado por el lecho árido de un mar inquieto. Aquí las fuerzas exuberantes de la naturaleza han triunfado, a través de edades incalculables.

Llegan Lázaro y su hijo Pedro sobre su panga con motor fuera de borda. La embarcación repleta con canastos llenos de camarón.

Pasaron, toda la noche, atrapando manchas de camarón por las orillas de la playa, arrojando su chinchorro bajo las corrientes profundas del mar.

En el malecón del puerto, sobre la playa, esperan: Juan, el pequeño hermano de Pedro, sus amigos, Alfredo y Jesús, pescadores también, y la amiga de la familia, del puerto, la hermosa Farah.

Lázaro, sobre la popa, baja de la embarcación, trastabillando sobre la borda, a punto de caer.

—Renegó...—

Todavía conserva la fuerza, habilidad requerida para ser pescador. Su recuperación fue exacta.

Pedro, ni por enterado, se dio, sentado sobre el bao delantero, levanta la quilla sin perder de vista a Farah que la mira, ajeno, feliz.

Farah, vestida con una capota de lana, cubriendo su cabeza con hermoso pañuelo. De pie con la inmovilidad de una estatua, veía con calma la operación de los pescadores.

Lázaro. — ¡Hola! — saluda.

Hubo un momento de silencio. El hombre, al advertir que con el frío estaban de pocos bríos, se apresuró a decir:

—Hoy no saldremos por la noche, se acerca temporal, vientos fuertes, la marea alta continúa azotando—.

Los cuerpos de Pedro y su padre se mantenían bronceados, el sol exponiendo todo claro, luminoso. Gracias a él se veían intrépidos, bien parecidos, de aspecto fuerte, a pesar de sus facciones delicadas.

— ¿Jesús, tienes...? — una ráfaga de viento le cortó la palabra.

Luego continuó...

—Entre tus cosas, ¿tendrás un chinchorro para realizar muestras? — pregunta Lázaro.

Jesús. —Todavía no la termino, mi capis— responde.

Todo el grupo sonríe al escucharlo. Ya lo conocían, como siempre sus trabajos no los terminaba "nunca" hasta que se lo solicitaban, se daba prisa. Mal o bien terminados, pero los entregaba.

Estos, como siempre, terminaban en manos de Alfredo para revisarlos, arreglarlos.

«Capis», así le decía Jesús a Lázaro. Para él, en todas sus órdenes y oficios, era su capitán en plural. Pero a Jesús, todos le amaban, muy servicial, atento.

Mientras, una cara invadida de luz, su piel fresca estallaba de blancura. Un mechón dorado, se había escapado del pañuelo, con el aire se elevaba y regresaba sobre su rostro, se movía como manecilla jugando con el tiempo, dándole un encanto singular. Sonríe.

Farah. —Yo tengo dos, por la tarde le dejo una en su astillero—.

Como siempre, Pedro y su papá se quedan asombrados de la maniobra de vida que maneja Farah. Ella siempre tiene todo, soluciona todo. Muy lista, inteligente y sorprendentemente hermosa.

Mientras, Jesús y Alfredo se dan a la tarea de ir descargando los canastos de la lancha, estibarlos en la troca de Lázaro. Pedro y su papá levantan el pesado chinchorro, arrojándolo sobre la plataforma.

Con la mano extendida, Pedro indica a Farah.

—Toma algo de camarón en esa bolsa Farah, y lleva a tu familia—.

Farah, en un ademán elocuente, le dice:

—Hasta con los ojos cerrados, Pedro... todos tienen el mismo tamaño, esto es alimento de los dioses...— lo dice con sonrisa agradecida.

Pedro. —Ya lo sé, ya lo sé—, repite —el mar es bondadoso—.

Jesús. —Aquí vamos bien hasta ahora— interpone — ¿quién sabe mañana después del temporal? —.

El vendaval continúa arreciando, con el deseo de llevarse consigo toda calma. La tristeza resuelta a asomar.

Lázaro. —Debemos darnos prisa, todavía hay que descabezar, poner en salmuera, congelar el camarón— anuncia previniendo.

Suben la panga al malecón, encallan, enseguida se trepan a la troca, se alejan.

Los papás de Farah eran dueños de la ferretería más grande del puerto. Clase media alta, privilegiada. Dueños de medio puerto.

Quién sabe desde qué momento Farah vivía su propio mundo. Sus papás la respetaban, preferible que perderla. Audaz, determinante, conocía sus límites, no les enfrentaba. Ella la mayor y dos hermanos varones.

Farah y Pedro se conocieron en la escuela desde primaria. Por razones que solo la naturaleza domina, se encontraron en camino, llegaban, se alejaban juntos.

Ella se pasaba todo el tiempo posible en el astillero con Pedro, su papá, y su hermano Juan. Preparaba, reparaba, cosía redes, pescaba, tendía redes, fileteaba. Labores adiestradas de pescador.

Los fines de semana, muy temprano, trazaba su ruta al astillero de Lázaro para ir a pescar. Si se encontraban Alfredo y Jesús, los amigos pescadores, se seleccionaba otra lancha, pero no se quedaría. Capaz de que botaba a uno de ellos, pero ella iría.

La semana será los últimos días en que ambos vivirían en el puerto. Pedro toma la decisión de ingresar a la escuela de Aeronáutica. Convertirse en alumno de los más altos rangos de la aviación.

Farah se marcharía a estudiar Economía en alguna universidad, aún no sabía a donde. No compartía que seguía en su vida. No le gustaba comprometerse con nada ni con nadie. Sentirse libre, que las gotas de lluvia dominen la gravedad, luego entonces decidir de lo que resulte.

No negaba a sí misma, que existía algo más que hermandad, cariño, respeto entre Pedro y ella. De acuerdo a como evolucionaban sus cuerpos, sus pensamientos, sus palabras, a media distancia había interés, fuego.

El sentimiento, el corazón sabía, las palabras callaban. Sin embargo, sus prioridades personales se habrían camino. No era tiempo, que el destino decida.

¿De cuánto tiempo?, ¿de cuánta distancia?, difícil saberlo. Sus metas: ser grandes, realizar sueños, anhelos.

Ambos, en su intuición, sabían que les esperaba, abruptamente, el final de una amistad fraterna, llena de joviales aventuras, aprendizajes. Se despidieron, atesorando en sus memorias aquellos últimos días, horas, momentos.

«Empacar los buenos recuerdos, ayuda a construir fortalezas en el alma para lo que vendrá después».

Las distancias se difuminan, las esperas se volverán fáciles de ignorar cuando se alcancen otros momentos, cuando se cambie de lugar, cuando se vean en otro espejo.

Por la mañana muy temprano, Farah, a través de la ventana de la cocina, ve una figura quieta como una piedra, del otro lado del cerco.

Es Pedro en posición de espera, no de ser invitado a pasar. Deseaba que se acercara ella.

Farah se escurre por la puerta trasera de la cocina, el jardín se encontraba yermo, rastrillo y azadón hincados sobre la pared. Mas pensó que en su momento se ocuparía de ello, lo conocía en tiempos mejores.

Avanzando sobre el camino, se le ocurre dar pequeños saltitos con muestras de alegría. Se acerca a Pedro.

— ¡Hola! — saluda, mientras se recolocaba su peineta de cristal desapareciendo entre sus cabellos.

Pedro sonrió al escucharla cerca de él. No sabía cómo lo hacía, cómo se escondía tras ella ese ángel inofensivo, su voz inquieta, su mirada limpia.

Farah nunca se alteraba, era a quien recurría cuando algo le ofuscaba, cuando no podía controlar sus preocupaciones.

Pedro. —Vengo a despedirme de ti— murmuró sin mirarle —te voy a extrañar— dijo al fin, con voz de piedra.

Farah lo miró, su semblante era tan serio que parecía no querer irse, como que le faltaba equipaje a su maleta; o algo así...

— ¿Solo vienes a decirme eso, Pedro? — cambiando la estrategia.

Pedro. —Sí, desde que empecé a hacer maletas, a cada instante, desde ayer que no te veo—.

Farah. —Dejemos que las cosas pasen, Pedro. Ciertamente, no somos invulnerables. Basta la imaginación, la posibilidad, los buenos deseos. Pero nos falta conocer otros límites, lugares, conquistas, tiempo al tiempo—.

—Quiero conocer el mañana, para no arrepentirme por quedarme en el ayer— se atrevió a apuntar.

Pedro. —Bueno, de esa manera en que lo expones, ni tristeza da— dijo irónico —reconozco que la oportunidad es para ambos. Espero que el peso del corazón aguante—.

Farah lo valoró por un instante.

—Aguantará— expresó convencida.

Pedro. —No soy tan fuerte como aparento—, prosiguió —el peso de la fraternidad es inherente, la necesitaré más que nunca—.

Farah. —De acuerdo, va en partes iguales. Tomas tu camino, yo el mío. Mañana, no lo sabemos. Quizás nos encontremos.

Pedro. — ¿Adónde te marchas? —.

Farah. —Por ahí; no lo sé todavía—.

Pedro. — ¿Pero volveré a verte? —.

Farah. —Creo que no—.

Ambos guardaron silencio, mirándose uno a otro.

Pedro. —Adiós entonces—.

Farah. —Adiós—.

Pedro se alejó, con un sindiós de esperanza, por lo menos momentáneamente; sin embargo, se siguió interrogando si la despedida, lo fue realmente. Más el silencio de las calles no le proporcionó una respuesta.

Lázaro. —Hijo, aquí se quedan los tenderos siempre, en la espera, con la promesa de volver—.

Fueron de las últimas palabras que su padre dirigió a Pedro antes de partir.

Completando lo que dice con un «y diré más» incluso cuando, en el fondo, no agregaba nada al sentido de sus frases.

—Se trata de volar es ese lugar, donde te perderás o te encontrarás a ti mismo—.

—Volando en ese gran tono azul que quieres invadir, tan solo en un instante te hará saber que tan pequeño eres—.

— ¿Estás listo para eso? —.

Pedro. —Yo creo me voy a volver loco si sigo aquí padre— sonriendo espantado.

Lázaro. —De todas maneras, estás loco. Aquí está muy escondido para ti—.

—Solo siente lo que hace la gravedad, lo que indiquen tus sensores, no perder el norte, aceptar su energía, sus movimientos. Ponte en sincronía, luego deslízate, muévete con el—.

Pedro. —Sí claro. La visión está muy sobre

valorada. Hasta podre describir lo que siento—.

Lázaro —No tienes que. Todo lo que harás es lo que está en juego, en el juego—.

Los viajes esculcan
en la orilla del adiós,
en la orilla de los vientos,
en la orilla de los océanos,
con la vista sobre el horizonte.

Todo está en la otra orilla,
pero nuestra vista es endeble,
no tiene curvas.

Lejos, tiempo y viento esperan,
no dejan de moverse,
uno marca, el otro empuja,
uno no regresa, el otro se aleja,
uno nace, el otro viene de lejos,
a uno le creemos,
el otro nos papalotea.

Irremediablemente,
nuestro sueño se va de viaje,
sí, para nuestra sorpresa,
... esperan siempre.

TRÊS, DUO.

¿Unos años antes?, ¿unos después? ...

Medio día, sobre el escritorio, se hallaba Hana con el lápiz en el aire, sus ojos apartados de su reporte de programación, lleno de códigos e instrucciones, el entrecejo fruncido.

—Hace frío aquí— pensó — ¿o yo tengo frío? — se levantó mecánicamente. Encaminó sus pasos a través del pasillo, hasta donde se encuentra la cafetería.

En eso se acerca Pedro, que también se auxilia con una tasa de café.

Pedro. — ¿Sin azúcar? — sin voltear a ver a Hana, que ya se había servido, a la vez meneando con cuchara su tasa de café.

Hana. —Sin azúcar— responde con amable sonrisa.

Hana, con aire absorto, extendió sus manos pidiendo auxilio encima de la cafetera, que arrojaba un leve hilo de vapor de agua.

Su mente ocupada con pruebas de programación, no daban resultados. La respuesta esperada la había perseguido toda la mañana.

Este cálculo fantástico removía todas sus neuronas. Por alguna razón, viajo a su pasado por aquellos algoritmos de lenguaje Assembly. Se trajo una pequeña rutina de unas veinte instrucciones, poderosamente eficaz que ella diseñó.

Hana. — ¡Ésta subrutina buscaba! —.

Se volvió sobresaltada, encontró los alegres ojos de Pedro, que no dejaban de mirarla.

Pedro. —Hablando sola, ¿eh?, es mala o buena señal—.

Hana, hablando sola ... —La forma tridimensional, pasiva, es generar un cálculo sin la intervención de la filtración— sin saber por qué, dando pequeña explicación.

Pedro se quedó de a seis...

Hana al ver aquel rostro perdido en el umbral. Para no crear pánico, se limitó a decirle:

—No me hagas casó, es una locura, nada más. Cosas del trabajo—.

Pedro. —Oye. Hace dos semanas que no salgo, ¿tú? — indica apresurado.

Hana. —Yo tampoco—.

Pedro. — ¡Bien!, si te parece, podemos salir este fin de semana. Tú eliges la hora, el lugar. Ahí podremos discutir a nuestro antojo—.

La primera reacción de Hana desilusionó a Pedro, que, lleno de entusiasmo, pedía aceptara su invitación. Girando alrededor de tan abstraída dama, preguntó:

— ¿Y ahora, qué te está calculando tu cerebro? —.

—Hum ... ¡Parece que te abro las puertas de la jaula y ni te mueves! —.

Hana. —No tengo ni la hora, ni el lugar, Pedro— respondió.

— ¡Oh!, sé seria, Hana—.

— ¡Oh!, sé razonable, Pedro—.

Pedro. —No tomes tu trabajo tan en serio, Hana—.

—No, no lo tomo en serio. Es solo que, tengo que cumplir con un objetivo, dar resultados, me dan un plazo para cumplirlo. Aún no he terminado—.

Pedro. —Vamos— exclamó volviéndose

a la salida —entonces, me dirás después cuando hallas terminado, ¡claro, si tengo suerte! — se alejó con su relajo de pensamientos.

Hana no pudo menos de sonreírse.

—Si su sentimiento es actuado en menos de un segundo, se le esfumará— pensó en voz alta.

Lo contemplaba. Un escalofrío repentino y extraño, interrumpió por unos momentos el latir de su corazón.

Adentro de aquella carita limpia, definida, saltaba de sus ojos acostumbrada malicia singular, por esfuerzos que hiciera por disimularla.

Se sintió así misma en aquellos signos irregulares, fugaces, que fluían misteriosamente. Cuanto más lo pensaba, más sobresalían sus sentimientos; hacia aquella persona.

No era el momento. Todavía no.

Años atrás.

Hana y su mamá, a veces también su papá, cada año visitaban la ciudad de México. Enseguida; llegaban a la ciudad de Monterrey, donde nació su mamá. Allí mamá estudió ingeniería química. Intentó estudiar la maestría en la universidad de Austin, Texas. En el primer mes de inscrita se conocieron Hisashi y Elena.

Hisashi terminó su carrera de ingeniero electrónico. Preparaba sus maletas para retirarse y volar a la ciudad de San Francisco, CA.

Se dirigió al departamento de escolar para recoger documentación.

Elena se dirige al departamento de escolar para entregar su documentación personal.

Ambos se encuentran de frente en las puertas de entrada de las oficinas.

Hisashi educadamente extiende su mano, cediéndole, primero, la entrada a Elena.

Hisashi. —Pasé usted, por favor— con sonrisa cálida.

Elena. —No, usted primero— responde, manteniéndose firme, abrazando sus documentos contra su cuerpo.

Hisashi. —No, usted... insisto— inclinando de cintura a cabeza, sin perder su sonrisa.

Elena. —No, yo insisto más...— contesta con seguridad, observándole sin ningún gesto en su rostro.

Hisashi. —Está bien— cedió, sin perder su sonrisa. Impresionado e interesado por su conducta. Abatió la puerta giratoria de cristal, dirigiéndose al mostrador, donde atendían al público.

Lo atienden. Detrás de él, a unos metros, Elena participa en la fila de espera.

La persona que atiende a Hisashi se aleja a por documentación solicitada.

Hisashi se da media vuelta, con suave sonrisa ve a los ojos de Elena, le dice:

— ¿Me está siguiendo?, ¿o viene a darme un abrazo de agradecimiento? —.

Elena, realmente está distraída. Al escucharlo, mirándola a los ojos, lo reconoció. Rápidamente regresó la película del evento ocurrido unos segundos antes, para ponerse al día.

Contestaría algo... pero de pronto le dio por reír por lo que escuchó, su vientre se incendiaba. No, no tuvo ninguna duda.

Elena. —Sí, voy a darte un abrazo, pero no sé si vayas a aguantar, ¿me tomas o me dejas? —.

Hisashi tampoco lo dudó un segundo.

Hisashi. —Bien, entonces, no perdamos tiempo. Aquí a poca distancia hay una capilla de la propia universidad. ¿quieres ser mi esposa?, por supuesto para toda la vida—.

Elena. —Por supuesto, para toda la vida— contesta con su encanto hermoso y peculiar.

Hisashi. —Dame unos minutos, mientras me entregan mis documentos. Con estos me recibirán en mi nuevo trabajo— índica a Elena.

— ¿Para qué es tu fila, aquí? — interesado.

Elena. —No, ya no. Les ganaste. Ahora utilizaré mi documentación para inscribirme como esposa de...— inclina un poco su cabeza en señal de desconocimiento de su nombre.

—Hisashi— responde con prontitud.

—Elena— le informa.

Hisashi. —Tú, Elena—, arroja su largo brazo indicando hacia ella —Yo, Hisashi—, auto indicándose con su mano.

Así, tuvieron como hija a Hana, nacida en San Francisco, CA. Donde estudió ingeniería en computación. Mención honorífica. Habla el lenguaje japonés, español e inglés.

Como toda sangre dominante, cada vez que Hana pisaba tierra mexicana, no deseaba alejarse.

Por cosas del destino, dos años después de terminar su carrera, su papá falleció. Años que no había visitado México.

Mamá le ofreció visitar su tierra. Hana alegre, empaca sus cosas. Pero raramente casi se lleva toda su casa, sus cosas. Cómo para no regresar. Mamá la observó, no dijo nada. «al buen entendedor, pocas palabras».

Llegando a la ciudad de México, Hana inmediatamente buscó oportunidad de trabajo. No tuvo que buscar. Las noticias de gente valiosa corren rápidamente. Recibe en su departamento invitación de trabajo de Sistemas en Base Aérea Militar de Santa Gertrudis, en el estado de Chihuahua.

Mamá realiza varios viajes a EE. UU., trae sus pertenencias, documentación, permisos. Finalmente, regresa y se queda en su ciudad natal.

DUO.

Pedro terminó exitosamente su carrera en Base Aérea Militar de Santa Gertrudis, en el estado de Chihuahua, con mención honorífica. Es llamado a formar parte del equipo en aeropuerto militar.

Jefe de control del aeródromo. Lleva dos años dirigiendo el tránsito de aeronaves en el espacio aéreo de su responsabilidad de manera fluida, segura y ordenada.

Dentro de la torre trabaja en la Sala de Control Visual, desde donde visualiza el aeródromo en todos sus ángulos.

Cuando los aviones se encuentran a cinco kilómetros de la toma de contacto. Entonces se ejecuta el relevo, enviando el manejo del avión al controlador de aproximación.

Pedro sentía que se habían producido cambios en su persona. No dejaba de recordarla. Sí, ahí estaba siempre «Farah». Pero ya estaba lejos, también tiempo; sin sorpresas. Salvo la encantadora dama luminaria del departamento de sistemas. Hana.

Llegó con una estampilla en su pensamiento, no como una evidencia. Una vez en su sitio, aquello no vibraba, abstracto, se sentía tranquilo. Lo tomó como permiso, ¡para él relajó!

6:30 pm. Tiene un cuarto de hora sentado en su silla, los brazos colgando, su tasa de café vacía en su mano.

Suena su línea telefónica. Premeditadamente, toma su tiempo para contestar. Contesta.

—Tiene una llamada de su jefe, le traspaso la comunicación—.

Pedro. —No, no después ... — realizó un gesto de rechazo, más no le quedó otra, que contestar. Ya estaba en conexión.

— ¿Cómo está, Sr. ambulancia? — del otro lado de la línea.

Pedro. —Acabo de terminar mi turno de hoy, tomaré mis dos días de descanso, pero no sé qué hacer con ellos. Aquí todos andan de responsables y puntuales, ni regalada aceptan mi invitación—.

—Creo que tendré que ir a la librería a buscar una buena novela, ya en camino buscaré dónde empezar su lectura—.

—Bien ... bien— le acentúa con gusto.

Se da un silencio, enseguida en tono informante.

—Van a abrir otro nuevo aeropuerto, se quieren llevar la mitad de nuestra tropa—.

Pedro. —No, ¿bromeas? —.

—Noup ... — con sonrisa alegre.

—Te van a necesitar. Sí, sé que tienes que terminar un diplomado en la ciudad de Los Ángeles, CA. ¡pero!, primero tendrás que ir a presentarte a tu nueva empresa.

Pedro guardó silencio. Todo parecía que le estropeaban sus planes.

Pedro. — ¿Me presento en todos lados? — levantando, abriendo su mano en señal, ¿qué hago?

—Tienes algo grande, ¿mueves tu alfil o tu caballo? —.

Pedro. — ¿De qué se trata? —.

—Ya lo verás. Llegando de tu diplomado, te tendré todo listo—.

Pedro. —Más vale que sea posible y accesible, debo agregar a la oferta algunos detalles y preguntas—.

—No, no, no, espera ... ¿ya estás queriendo negociar? — sorprendido.

Pedro. —Y con tarifa especial. Voy a colgar— con sonrisa cortante.

— ¡Está bien!, ¡está bien!, me enloquece que aceptes—.

Dos semanas después, Pedro toma el teléfono y se comunica con su ex jefe. Antes, de que Pedro pronunciara una palabra, informa:

Ex jefe — ¡Sí!, ¡sí, ya sé!, felicidades, campeón. Funcionó su GPS, me ganaron con la noticia—.

Pedro. —Sí— contesta alegre, —no lo vas a creer, me entregan diploma junto con un sobre. Ordenan que me presente con mi nuevo equipo de trabajo, en nuevo aeropuerto—.

Ex jefe. —Ja jajá, ... no te pidieron permiso, no te permitieron argumentar, no fueron democráticos... bueno, así es el éxito, mi amigo, ¡puro pa' delante! —.

—Gracias, en verdad, muchas gracias por todo— se despide de su gran amigo, ex jefe.

TRÊS PLUS ÛNUS.

Hay un nuevo abogado director en el aeropuerto; Damasus. El hombre para el momento y la época. Arrojado al frente para alinear los procesos que, en su conjunto, parecen un caos dentro de la administración, los sindicatos, el descontrol en los aeropuertos.

Los puestos aéreos importantes de los estados sesionados, son tomados, incluso antes de querer instalar la organización de sus sindicatos.

Mientras tanto, en el lejano estado de Chihuahua, el pleito local seguía estallando a intervalos intermitentes. Pero la autonomía del aeropuerto había logrado por fin su predominio, y la pronta admisión de la nueva fuerza común, con apoyo de profesionales abogados, economistas adicionales; resultando una conclusión inevitable.

Al menos por el momento. En ambos lados, esperan que alguien tropiece.

Con el inicio del nuevo aeropuerto, el sindicato se despertó por un momento e hizo un débil intento de reforzar, aprovisionando el nuevo aeropuerto de la ciudad.

Las aeronaves permanecían estacionadas.

En consecuencia, discretamente un avión de carga fue enviado con hombres y suministros; pero el personal de confianza fue informado de todo lo que se pretendía. No tuvieron dificultad en detenerlos en su intento de tomar las naves, obligándolos a regresar.

Así, en medio de la tristeza, el dolor, los trastornos administrativos y legales de corrupción del sindicato llegaron a su fin.

La infancia de Damasus transcurrió en completa oscuridad. La familia era pobre hasta el último grado: gente de los poblados del nivel más bajo.

Del poblado Santa María Mazatla que lo vio nacer, se mudó a la ciudad de México. En ese momento se rentó un espacio en un taller ratificadora de motores como velador, cerca de ferrocarriles nacionales, donde hizo muchos amigos. Empezó a conocer los detalles, y movimientos de los sindicatos.

Este lugar fue el escenario de la carrera de Damasus: una lucha constante contra la pobreza, las dificultades, el trabajo duro.

Con el tiempo, alejó de sus pensamientos la ruta del sufrimiento. El aprendizaje del oficio, le permitió ser parte de otros seres, de otro grupo de personas. Las teorías, las reglas, la pala, el martillo, los descubrimientos del hombre se convirtieron en habilidades que se adhirieron a su lenguaje, modificando su comportamiento, su forma de ser.

Empezó a distinguir al prójimo, a través de sus miradas, su caminar, que buscan alrededor, sus ventajas, sus alcances, que se traen, que se llevan, donde y en qué competir. Donde se encuentra el placer. Definir entre hermoso y no hermoso, entre riqueza y no tener, cuando la moneda no alcanza.

No tener que comer, también lo padeció. En el tema de atletismo, ganando tiempos récord sin medalla, por supuesto, más barato que el camión. Hasta descubrir que su vida gira en torno a "faltantes".

Cuando coincidía alguna ganancia, creía en el mundo; cuando pasaban los días sin la moneda, hasta ateo se volvía.

Se las ingenió para ir a la ciudad de México e inscribirse en la escuela de leyes de la universidad. Recibiendo en su juventud, por cuatro años, la total escolarización, que fue todo lo que alguna vez tuvo en cuanto a educación formal.

Aquí, Damasus esforzándose en la dura batalla de la vida, fue interceptado por uno de sus maestros, invitándolo a formar parte de su equipo de abogados litigantes.

Demostrando su habilidad como abogado, muy audaz en las relaciones públicas, negociador, espontáneo e increíblemente inteligente en la aplicación de las leyes.

Los primeros en reconocerlo a distancia, fue en los juzgados del fuero común. Era una verdadera pesadilla, imposible de chantajear, tentarle la deshonestidad. Rendirse o no volver a ver, ¡ni de chiste!

Pronto se ganó la atención de sus semejantes y alcanzó la distinción.

Su peculiar poder, manifestado en todos los períodos de su vida, para captar el pensamiento más difícil. Presentarlo en frases tan sencillas que hicieran la verdad apreciable para todos los hombres, lo convirtió en líder natural de la gente. Con todo el alcance, la originalidad de su inteligencia.

Intentó hacer negocios por su cuenta, pero un socio disoluto lo llevó a la quiebra.

Tres meses después es llamado al nuevo aeropuerto internacional de la ciudad. Llegó a la dirección bajo tal carga de cuidado y responsabilidad que ningún director de los tiempos actuales habría soportado. Sin saberlo, también era un administrador nato que lo convertiría en líder.

Con motivo de su toma de posesión, pronunció un discurso cuidadosamente preparado, declarando su propósito fijo de cuidar, administrar, defender el aeropuerto con apego a la Constitución, hacer cumplir las leyes, y preservar la integridad del aeropuerto.

Desde el principio, fue política de su administración ignorar la acción de los sindicatos como algo en sí mismo nulo, sin valor, sin efecto.

En su habilidad como administrador, se dio a la tarea de investigar los currículos de profesionales, solicitando su presencia en su proyecto.

Al frente del nuevo grupo administrativo y de control se contrató a Pedro como jefe de la torre de control del aeropuerto internacional, Hana, departamento de sistemas y comunicaciones, y Farah, directora de operaciones y economía.

Las entrevistas, llenado de pruebas, documentación, datos personales, y formularios, fueron realizadas por personal administrativo.

Enterados estaban los nuevos guerreros, del nombre de su nuevo director, empresa que los solicitó. Pero desconocían a su solicitante: ¿quién era?, ¿de dónde venía?, ¿cómo dio con ellos?

ŪNUS.

Es raro también estar en otra ciudad. Llovía. Conducía su auto rumbo a la universidad, llevaba consigo el peso de un deplorable estado de ánimo. Los limpia-brisas a toda velocidad, afanosamente ocupados por desalojar toda gota de agua, dejar ver las inquietas luces de los semáforos, ¿rojo arriba o abajo?, ¿verde abajo o arriba?, ¿cuál parpadea?

Se movía sobre un aparato de cuatro ruedas, angustiadas cortinas de agua arrojadas por neumáticos descifrando la gravedad, buscan refugio por los canales municipales, bañando apurados transeúntes sobre las banquetas.

Las cotidianas tareas de la naturaleza, tienen una razón para realizarse, precipitarse sobre la tierra donde se merodea, se pisa; pero si se es observador, se aplica algo de física, algo de sentimiento, se convertirán en golpes con que la vida va formando el carácter.

Muestra su credencial de residente de la Universidad de Monterrey en caseta de entrada. Se estaciona, toma su paraguas, se dirige al departamento de escolar. Terminaba su segundo año de la carrera de Economía, no continuaría sus estudios.

El oficinista la reconoció, toma un paquete de su escritorio, se dirige hacia el mostrador de recepción donde lo esperan.

— ¿Se aleja de los estudios, señorita? — recepcionista en tono amable, de lamento. Haciendo entrega del paquete de documentos.

Farah. —No compañero, solo cambio de escuela. Si es posible; obtener otro resultado, otra opinión— le contesta con amable gesto.

—Hum... esas decisiones, son solo para conquistadores, le deseo lo mejor en su camino, señorita— le dice con dulce sonrisa.

Se sintió emocionada, emotiva con las palabras de aquella persona bondadosa, que ni conocía, que ni por un solo centavo, arrojó a sus pensamientos una ola de sueños, de bonitos deseos.

Farah. —Gracias— le dijo, se detuvo unos segundos observándole, enseguida se alejó.

Farah asoma por la ventanilla del avión que la conduce a su nuevo destino, siguiendo las instrucciones de su corazón, y de sus sueños.

Se sentía feliz. Entendía más por qué el mundo se mueve, donde había que localizar el punto de apoyo. Por qué vives, por qué compras, donde hay que empujar la carreta, cuál es el lado débil, del que tiene, del poder.

La lista es larga, para eso siempre está a la mano su lápiz, su papel, la moneda, para identificar al débil, cuantificar, negociar el trueque, usar efectiva la memoria.

—Veamos qué se traen los gringuitos— pensó en sus adentros.

Su afrenta era muy temeraria. Estacionarse, tomar lo de más valor, llevárselo consigo, sin caer dentro de la trampa del sistema, como pasaba con la mayoría de sus habitantes.

En el país más desarrollado del mundo, donde están concentrados los cerebros más cotizados del planeta, donde creen que su poder, su verdad, es única, los dueños y amos de la verdad.

Casi, casi están a punto de lograrlo, y así sucederá mientras los demás solo puedan escuchar lo que ellos quieren que escuchen. Así es el poder, así son los blancos, con sus grandes excepciones.

Se mantuvo los dos años faltantes en su carrera de Economía, graduándose con mención honorífica de la universidad en Los Ángeles, CA.

Recibió invitación de trabajo en los estudios Walt Disney, aceptó rápidamente, ya traía ajustada su economía. Su nuevo trabajo fue un gran reto. Más no pudo entender por qué acepto ese trabajo. Realmente no deseaba trabajar en esa línea.

Pero no estaba mal, al menos por el momento, era lo único que tenía. De alguna forma entendía que no permanecería mucho tiempo allí; ni por ella, ni por ellos.

Son empresas en las que no se siembra, ni se crean raíces. El acelere es rápido, resultados a velocidad de la luz, la creatividad se transforma en una máquina de hacer dinero, te exprimen. Bien por ellos, el éxito en todo su esplendor.

Su estancia, que duró dos años, recibió carta con invitación de trabajo en el nuevo aeropuerto de México. Acepto sin dudar un segundo, ni por la feria preguntó.

Compro boleto de avión a la ciudad de México, hizo su arribo, se fue directo al nuevo aeropuerto con todo y maletas. Acudía a su cita de trabajo. Llegando, ordenó al chofer de libre, que la esperara, que se divirtiera, mientras terminaba su asunto.

Avanzada.

Sala de juntas en nuevo aeropuerto. Espaciado, fresco, aromático, paredes escoltadas con muebles en caoba tipo vitrina. En una de las esquinas, un gran mueble antiguo en roble con estuche giratorio para libros de biblioteca con cuatro puertas, gabinete con perillas de latón. Plantas naturales de ornato: Noche buena, buganvilia, crotos, helechos, despeinadas, ficus.

Grandes ventanales ocultos con hermosas cortinas, gran mesa central rectangular, cómodas sillas a lo largo.

La gente citada: personal del aeropuerto, jefes, directores, profesionales, administrativos, integrantes del equipo del gobierno federal, en su lugar correspondiente, etiquetado con su nombre y posición.

En su discurso inaugural, en sus primeros documentos oficiales, Damasus esbozó no solamente su política teórica, sino también su política práctica.

Esto último debía, en resumen, recuperar los empleos, y propiedades públicas que habían sido confiscadas por sindicatos. Restablecer la autoridad del gobierno federal en todos los estados, en todos sus terrenos.

Vestía una chaqueta de gabardina en corte italiano color negro, suéter blanco de cuello cerrado de lana. Alto, atlético, en su rostro se combinaba un aire vigoroso de inteligencia, una piel suave, nariz algo respingada, una boca resoplante de líder colegial. Francamente masculino, despreocupado de su elegancia, con la clara conciencia del efecto que con todo ello producía.

Habla Damasus:

—Un grupo de comisionados de los aeropuertos estatales, intentó obtener del gobierno nacional, el reconocimiento de su independencia como empleados de confianza—.

—Las negociaciones, por supuesto, fracasaron. Los sindicatos no se mueven de sus asientos. En respuesta se amontonan documentos, palabras, solo palabras—.

—Se realizó un segundo intento por parte del gobierno de reforzar el aeropuerto de Chihuahua; con eso se vino el comienzo de las hostilidades reales—.

—A petición de nosotros, el gobierno federal decidió reforzar la autonomía de los aeropuertos, con personal profesional, equipos con alta tecnología, y financieros. Los sindicatos no pueden, dentro de sus estatutos, cubrir. Tampoco proporcionar—.

—Las autoridades de los estados decidieron apoyar, y unirse al movimiento. Obligando a los sindicatos a dar marcha atrás, quedar fuera de su jurisdicción—.

—Siempre ha existido una diferencia en cuanto a cómo deben entenderse los instrumentos—.

—La cuestión en cuestión se refiere a la relación entre los sindicatos y el gobierno federal—.

—La administración aeroportuaria sostiene que el enlace entre los estados es indisoluble; que la administración y control de los aeropuertos reside en su personal de confianza, del equipo, con su tecnología, y del apoyo financiero, para cumplir con los estatutos internacionales—.

De pie, Damasus en su exposición, tras del atril, ladea levemente sus hombros, asomando hacia donde se encuentra Hana.

—Del equipo de tecnología, y de comunicaciones, contamos aquí con Hana y su equipo de informática—.

La piel de Hana tomó un matiz hermoso sobre su piel color bermejo. Tomada completamente por sorpresa, no por su nueva responsabilidad, sino que suponía que no le conocían. Era su primera presentación, todavía no tocaba una tecla de la computadora, y ya le arrojaban todo el paquete de responsabilidad a su canasta. La cosa va en serio.

Damasus no dejaba de mirarle, esperaba que reaccionara de acuerdo al protocolo.

Hana interpretó rápidamente, y se levantó de su asiento. Con leves inclinaciones de presentación hacia ambos lados, sonríe, y toma asiento de nuevo.

Al tomar asiento, pensaba por lo que acababa de ver. Pedro también había sido invitado a la fiesta, se encontraba sentado a unas sillas de ella. Se sintió feliz de verlo; será también parte del equipo.

Pedro, desde que entró a la sala, tenía idea de que Hana sería invitada a formar parte del equipo, esperaba verla, pero no la identificó cuando ingresó. Los observó, pero todos desde sus asientos daban la espalda.

Sorpresa se llevó, cuando Hana se levantó de su asiento, no la reconocía así de hermosa, vestía diferente, solemne, elegante, segura, con la sonrisa brillante.

Hana sintió un leve sudor invisible que le mojaba su cuerpo con febril sorpresa, pensando en sus adentros: «conque, aquí querías estar...» le gustó el reto; lo que acababa de suceder.

Enseguida fija toda su atención en Damasus.

Continúa Damasus —Que los aeropuertos de los estados sean vinculantes, deben permanecer subordinados a nuestra central. Así mantener el control, el buen procedimiento de operación, y de comunicación—.

—Aquí contamos con la habilidad de Pedro, en la Central, jefe de la torre de control del aeropuerto internacional—.

Igualmente, Pedro sorprendido por las palabras de su nuevo director. Sentado, sus manos se amarraron a su silla «¿para no caerse?», con cierta pena de que todos a su alrededor se enteraran del reto que tenía por delante.

A unas cuantas sillas de él, pasmada, otra persona se sorprendió de su presencia...

Pedro no tenía que tardarse ante la mirada de Damasus, ni del suceso anterior. Con doble esfuerzo se levanta de su silla, imita las inclinaciones de su anterior compañera. Casi llegaba a la ceguera, que, con sonrisa nerviosa, no se entera de la presencia de otra persona que lo conocía, y muy bien.

Toma asiento nervioso, recarga su codo sobre el descanso de su silla, lleva su mano a su mentón dándole masaje, el rostro asustado. No es lo mismo que dar instrucciones ocultas sobre el cable de comunicación, que estar enfrente de gente tan importante. Ante una nueva tarea de responsabilidad ilimitada. «Sí, esta es mi oportunidad, donde quería estar», aceptándose feliz.

Damasus. —Sabido es, que todos los intentos de anulación, desunión o incorporación de sindicatos son por naturaleza desleal, con otros intereses, sobre todo de y para recibir grandes ingresos en su personal—.

—Nuestra lealtad debe ofrecerse al que recibe el servicio. Trabajaremos, estaremos dentro de los cánones que imprimen la legalidad de los acuerdos internacionales sobre vuelos y aeropuertos—.

—En este país, los aeropuertos, no son empresas privadas, ni empresas de gobierno. Laboramos dentro de un edificio que administra uno de los servicios de la nación, del pueblo. Ejerceremos con autonomía, sus ingresos son democráticos, administrados por el gobierno federal—.

—Del cuidado, proyección, actualización, de su futuro, dependerá de Farah y de su equipo— Damasus su mano abierta, con su brazo, indica hacia dónde se encuentra.

Farah no fue sorprendida, acababa de identificar el espectáculo de sus compañeros, esperaba las palabras de Damasus.

Elegantemente, se levanta de su asiento, realizando el protocolo con seguridad, inclinándose, saludando de un lado, hacia el frente, hacia el otro lado, con sonrisa encantadora, realizó un breve tiempo de espera observando a Pedro. Enseguida toma asiento, arroja sus brazos sobre la mesa, se toma de sus manos, con la mirada sobre Damasus, arrojando con sesgo temerario «aquí estoy, soy de tu equipo».

Pedro, de repente, sintió ganas de levantarse precipitadamente. Gustoso al ver aquel rostro conocido, más hermosa, más grande. Le dejaba el corazón fuera del carril, a velocidad de luz, su mente recorrió todos los momentos vividos, aquel rostro, aquella sirena; pero no tardó en llegar, aquella despedida quieta, sin sueños, «no me esperes», tomó aire lentamente, contó hasta diez, se acomodó tranquilo en su asiento.

Damasus terminó su discurso, su presentación. Se realizan algunos intercambios de palabras, el personal del gobierno se voltea a ver unos a otros, confirman, se levantan de sus asientos, se despiden deseándoles buena suerte, que contaban con su apoyo absoluto.

Entra el personal de servicio, rápidamente arreglan, limpian el inmenso rectángulo, retiran marca sitios. Anticipadamente, ya sabían su tarea, quienes se alejarían. Permanecen marca sitios de Hana, Pedro, Farah, Damasus.

Damasus tranquilamente toma asiento del otro lado de la mesa, enfrente de ellos. Les pide que se junten, con sus etiquetas.

Habla Damasus:

—Antes de que iniciemos, vamos a tomarnos un receso, con el tiempo que necesiten, quieran, aquí estaré esperándolos. Si desean tomar alimentos, agua, lo que gusten; afuera encontrarán lo que apetezcan—.

—Les están esperando, el servicio de cocina está instalado, por favor atiéndanse, es libre, totalmente libre—.

Farah, al levantarse de su asiento, atenta e interesada, dirige su mirada hacia Damasus.

— ¿Nos va a acompañar, señor director? —.

Damasus. —Sí, permítame, en unos minutos, les alcanzo— con sonrisa amable.

Inquieto por la mirada suspicaz de Farah, sintiéndose conmovido, y atraído por su hermosura «no de mis gustos, ... pero tiene algo», pensó. Prefirió alejar esa idea, se concentró en sus documentos.

Pedro, educadamente les sede el camino a ambas damas. Quería salir de prisa, arrojarse sobre ellas de felicidad, con preguntas.

Sorprendido al verlas allí, dentro del equipo, «¿quién se lo iba a imaginar?», más aún; dos damas hermosas, que le inquietaban el corazón, le atizaban el alma.

Había que respetar el protocolo: saludarse, presentarse, intercambiar algunas palabras, continuar su actividad «tiempo de trabajo», esperar la hora de salida, si era posible, programar una sita en algún lugar. Ponerse al día.

Damasus sale de la sala de juntas, se dirige directamente a la cafetera, taza en mano, la llena, toma camino de regreso a la sala de juntas.

Três lo siguieron con la vista, esperando realizara un alto, tomara algún bocadillo. Algo. Sus vasallos deseaban tener algún contacto con él, intercambiar palabras, quizá conocerle, ¡algo!, pero él ni por enterado se dio. Le vieron tranquilo, muy concentrado, en otro planeta.

Pasado el tiempo, fueron adentrándose de nuevo a la sala de juntas. Damasus espera.

Damasus, su equipo en su lugar. Les sonríe cordialmente.

Damasus. — ¿Cómo se sienten? —.

Pedro. —Temo, señor, que demasiado felices, sorprendidos— dijo con expresión franca, juvenil.

Damasus escucha, realiza pausa premeditada. Observando que la palabra "sorprendidos" se acomodó también en el rostro de los demás.

Damasus. —Por supuesto—, en tono cortés, —quizá sea un poco abrumador para jóvenes como ustedes, será poco. No se preocupen. Es por eso que ustedes son seleccionados, llenan el puesto que se les ha asignado—.

—Antes de tomar nuestro tema de trabajo, abro un paréntesis. De aquí en adelante para comunicarnos utilizaremos nuestro nombre o código que nos asignarán, este último solo lo utilizaremos dentro de nuestro centro de trabajo—.

—Entre nosotros, no hay niveles de poder, de jerarquía. Aquí adentro, solo haremos nuestro trabajó. La vida privada de cada uno de nosotros, solo podrá ser manejada fuera de nuestra responsabilidad de trabajo, de horario, principalmente fuera de este aeropuerto—.

—Si tienen problemas con familia, de salud, no durmieron bien, resaca, tránsito, etcétera. Resuélvanlos primero, no lleguen aquí arrastrándolos—.

—No tienen hora de entrada, tienen una responsabilidad, con un inicio y un final. No se les cuestionará, ni se les pedirá justificación. Si lo desean o si es necesario, entreguen su justificación al área de personal—.

—Cada uno de ustedes, tiene su equipo de gente, ustedes designarán quien los podrá respaldar o reemplazar, en su ausencia, en el mismo cargo. Así que enseñen, preparen a todos los de su equipo—.

—Aquí nadie será indispensable, cuando ya no demos más, pidamos permiso para retirarnos. Se le acomodará en otra responsabilidad, no tienen que perder su trabajo. No esperar a que otros nos indiquen que hacer con nuestra responsabilidad, nos pidan que nos retiremos o nuestra renuncia—.

—Aquí, conmigo, en esta responsabilidad: la habilidad no distingue errores; solo aciertos—.

—Cierro paréntesis—.

Hana. —Cuente conmigo— se expresa firmemente.

Pedro. —También conmigo, haré todo lo posible— comunica, con pequeña sonrisa.

Damasus. —Seguramente lo hará— responde, con la misma sonrisa.

Por supuesto que esperaban la voz de Farah. Hana había iniciado los elogios personales.

Farah parpadea, extendió su mano sobre la mesa, sus dedos fueron a descansar desganadamente en su frente, sonriendo ante súbito interés de sus compañeros.

Farah. —Solo el tiempo nos provee de éxito o fracaso—.

Dijo con débil apariencia de desconfianza en el tono.

—Prefiero esperar a que como equipo se entienda, que hacemos aquí, porque estamos aquí, luego entonces: hacer las preguntas correctas, dar con soluciones correctas—.

Damasus. —Podrías extender un poco más, esta última frase Farah, por favor. O un ejemplo si gusta— le pide.

Los presentes interceptaron algo de nerviosismo en Damasus. Al fin también joven como ellos. Poniéndose en evidencia cuando se dirige a ellos, tuteando o de usted.

Farah. —Sí, supongamos que en control en el derrape de los aviones, las llantas despiden más humo por desgaste rápido. Que en el departamento de almacén cada vez llegan más llantas. Que el departamento de compras se entera de que el costo de las llantas va más en aumento. Si esta información es enviada a tiempo, al departamento que corresponde. Podremos entonces deducir: —.

—a) necesitamos cambiar de proveedor; b) los precios del petróleo alteran el comercio. Habrá que saber las razones rápidamente, proyectar nuestro futuro; c) si tenemos demasiadas llantas, el costo de almacenaje, nosotros lo pagamos, etcétera, etcétera—.

—A esto me refiero, cuando se pide trabajar en equipo. El viaje de la información, con el destino correcto: en tiempo y lugar— enfatizó.

Interviene Hana con destreza.

—Para eso habrá que disminuir, eliminar el papeleo, tintas, lápices, boletajes, preguntas, procesos. Utilizar tabletas con aplicaciones, sistemas de control que capturen, y realicen las preguntas correctas, a observaciones correctas (bitácora). Nuestro departamento, con su base de datos, se encargará de graficar, informar, contabilizar, presentar reportes—.

Mientras esto ocurre, Damasus orgulloso, el corazón latiéndole a mil por segundo, en su pensamiento se imprimió el rubro: este es el equipo, empezamos ya.

Pedro, entusiasmado con lo que acababa de escuchar, preguntó.

— ¿Qué trabajo haré yo, para aportar a la causa Damasus? —.

Farah y Hana voltearon a verlo sorprendidas de su entusiasmo por hacer algo más, aparte de su gran responsabilidad.

Damasus envía sus hombros hacia adelante, recargando sus brazos sobre la mesa. Enseguida abre su mano e imita una limpieza sobre su espacio. Tranquilamente, le dirige la vista.

—Quiero que trabaje sin preguntarle a nadie qué trabajo quiere o va a hacer—.

Pedro. —Bien— susurró.

Hana y Farah se encontraron con sus miradas. Se dieron cuenta de la gran confianza que depositaba en Pedro. En cierta forma, también se sentían envueltas en el mismo calor.

Damasus. —Manos a la obra—, índico —el proyecto inicia aquí con nosotros—.

Se ponía de pie, y los demás le siguieron, frescos, orgullosos.

—Recuerden siempre: — les dice, en tono neutro —la habilidad no distingue errores; solo aciertos— reafirmó de nuevo.

—Hoy es jueves. Próximo miércoles a la hora 0500 iniciamos—.

Toman sus pertenencias, se retiran.

Atracción.

A toda prisa, Farah se dirige a su libre que la espera, visiblemente de buen humor, formulando planes para lo que seguía: encontrar departamento, conseguir teléfono, comprarse ropa, ...

Su chófer, muy preocupado, tranquilamente dormía en su asiento. En su sueño iniciaba su segunda novela de terror, "el volcán hace erupción".

Se sube de prisa, da un verdadero portazo, espanta sueños, zarandeándole el rugido del volcán que su conductor traía en la boca.

Farah. —De prisa, príncipe valiente— dice con urgencia.

—Lleguemos primero a comprar el periódico, si se hace tarde, no quiero tener que llegar al hotel—.

Chofer. — ¿Busca casa o departamento? — desenredándose del descanso.

Farah. —Cualquier opción, que sea lo más cerca de aquí del aeropuerto—.

El chofer enciende libre, avanzando, le dice: —a un kilómetro de aquí está una privada, allí encontrará casa-departamento en renta con opción a compra. Tienen vigilancia, están preciosos—, le informa.

—Solo tienen un pequeño defectito— bajando la voz, hasta llegar casi a susurro.

Farah. — ¿Cuál? — volteando a ver con preocupación al chofer. Imaginándose un sorteo de incidentes.

Chofer. — ¡Son muy caros!, ya ve usted el nuevo aeropuerto, exacto, él negoció para hacer dinero—.

Farah guardó silencio, «habrá que negociar», recordó los consejos de aquel señor que tanto admiraba. Lázaro, el pescador. En esta vida todo es negociable, si le presentas la moneda, "with dollar dancing the dog", solía decir.

Farah. —Lléveme de cualquier manera— le pidió, cediendo con su cabeza.

Mientras avanzaba el libre, se quedó pensativa recordando al pescador, enseguida se presenta Pedro. Aquellos recuerdos la hacen sonreír, el alma arder, lo agradable para ella disfrutar de su compañía, le gustaba, le seguía gustando.

Verlo allí, de nuevo haciendo equipo, le entusiasma. Creció, engrandeció, intrépido, audaz como siempre.

Lo quería, sí. Lo seguía queriendo. Sabía que él la quería, pero también la amaba. Fue un proceso de «jóvenes creciendo», en aquel tiempo.

— ¿Lo amé yo?, probablemente— recordó sus palabras aquellas en su despedida:

— "Quiero conocer el mañana, para no arrepentirme por quedarme en el ayer" —.

El mañana, estaba presente.

Él allí, ella allí, el presente.

Sin saber cómo, por qué, enfrente de ella se atravesó la imagen de Damasus. Empezó a temblar. Terso calor empezó a humedecerle la frente.

— ¿Qué me sucede?, esto es intenso, ¿pensar en él se convierte en anhelo? —.

En su viaje, las arboledas del camino, la dejaban, la abandonaban. Sobre su ventanilla de libre, alza su vista al cielo azul adornado con largos trozos de tela blanca, junta sus párpados para oscurecer el día, se pide un deseo:

— «Que no se entere» —.

— «Que no me descubra» —.

Ambos, Hana y Pedro, se acompañaron hacia el estacionamiento del aeropuerto, después de su junta y solemne presentación.

Pedro no deslizó el mismo dinamismo hacia Hana como solía hacerlo siempre. Hana se dio por enterada de su cambio de silencio e hizo sus propias observaciones en la sala de juntas. Se quedó impresionada, percibió algunos lazos afectivos, más quiso esculcar.

Hana. — ¿Se conocen? — insertando llave en la puerta de su auto, la mirada directa hacia Pedro.

Pedro quiso negar, desconocer la pregunta al escucharla. Abre la puerta de su auto, se da media vuelta apoyando su brazo. Sonriente regresa la misma mirada directa, dominadora.

Lleva una camisa de satín, color azul cielo. Las negras ondas de su pelo brillantes, en contraste con su blanca frente.

Pedro. —Sí, conozco a Farah desde joven— realiza una pausa pensativa.

—Cada quien tomó su camino, nos hemos vuelto a encontrar. Pensé que no la volvería a ver, pero así es el destino; ahora estamos en el mismo equipo—.

Puso cara de indiferencia, pero le latía el corazón, sentía las manos húmedas.

Hana se le quedó mirando, notó un deje de melancolía en su voz, «es muy hermosa», pensó.

Ella, además, como su mamá, tenía habilidad de traducir, percibir los temblores, detectar la sinceridad del habla.

Abre completamente la puerta de su auto.

—Ambos subjetivos y exitosos; nos esperan grandes cosas—, reafirma, ladeando levemente su cabeza, la sonrisa franca.

—A mí también me da mucho gusto, verte, Pedro. Trabajar juntos de nuevo, contar contigo en el equipo—.

—Nos vemos—, le dice con sonrisa amable, arroja sedoso cabello hacia atrás con ese gesto antiguo, peculiar de toda coquetería femenina.

Ingresa a su auto, se aleja.

Pedro se quedó de pie, no podía hablar después de escuchar la interrogación de Hana, se sintió indeciso, se le enredó la cuerda sentimental entre Farah y Hana.

Hana regresó a su departamento, seria, pensativa,

manejaba sobre la avenida, el cielo se oscurecía, se encendían luces en las ventanas de la ciudad.

Sus ojos no estaban vacíos ni desdeñosos, sino atentos, quizá su sentimiento próximo a rendirse con las escenas que acababan de ocurrir.

Eso, sin embargo, la incita a no abandonar, no soltar.

— ¡Caramba Hana!, las cosas que están pasando— dirigiéndose a sí misma, sonriendo, pisando más el acelerador del auto.

—Bien—, pensó —dejaré eso para más tarde.—.

En su departamento toma su tasa de café, su novela de lectura, con separador en las últimas páginas.

Elige sentarse sobre el alféizar de su ventana, abrazándose las rodillas, escuchando el diálogo de Damasus, la ropa que usaba, su estoicismo, el dominio en su persona, la sonrisa implícita, «atractivo, profesional». El uniforme completo.

—Joven, muy joven para gran responsabilidad con toda la cepa. El éxito está con él— arrugada la frente, mirada de felino sobre la frontera de sus brazos.

Creía que ya no existían este tipo de personajes, o que eran raros. El último conocido con esas cualidades fue su papá. Sin embargo, sucesos la inquietaban, le habían hecho vibrar el corazón con alegres presentimientos. Cuenta se dio que, mientras Damasus hablaba, lejanamente le escuchaba. Él también se comunicaba con la mirada, con el cuerpo. Había que entender su lenguaje, sus señales.

Por su ventana brillaban inquietos el reflejo de los faroles. Alargaba su vista, y bajo su horizonte se alzaba, verde y oscura, la majestuosa arboleda de la avenida arrogante, arropando el paso de los transeúntes.

Así, en un parpadeo, sus reflejos sentimentales fuertemente se trajeron la imagen de Pedro como si la hubiera acentuado la luz, el silencio de su ventana, algún roce de su alma.

Largo tiempo se tomó en meditar, en escuchar sus motivos, tal vez sentimiento, una razón.

Mientras tanto en aeropuerto, en silencio, Pedro se trepa a su auto, cierra portezuela, y se queda quieto. No pensaba en nada. No podía. Palpitaba el corazón aceleradamente.

Quedaban algunos automóviles en estacionamiento del personal del aeropuerto. El telescopio se aleja encima de él, su imagen completa pausadamente se minimiza en una partícula pequeña. Hasta encontrarse dentro de un escenario de soledad.

Decidido, abre de nuevo la portezuela, mecánicamente abre el maletero. Estaba a mitad de su espacio lleno de novelas, asombrosamente bien acomodados, ordenados, listos para ser seleccionados.

Toma una novela, luego otra. Toma su tiempo para observarlas, ojearlas. Acomoda una bajo su brazo, la otra la regresa a su lugar. Se apea y se aleja. Estaciona sobre una tienda, toma su termo para llenarlo de café. De nuevo toma camino a uno de sus lugares favoritos, una pequeña plaza acogedora, con inquietos faroles invitando a acomodarse.

Da lectura a su novela, recorre las letras, las frases, pero no las leía. Su pensamiento se resbalaba entre las páginas, sin entender qué estaba haciendo, que insinuaba leer.

—Está bien— se dijo así mismo, convencido. Levanta su cara, volteando hacia todos lados, para asegurarse que nadie lo veía en su extravío. Cierra novela, da unos sorbos al café.

Se pregunta si deberá hacer una prueba deliberada con Farah. Hacerle menos caso viéndola a menudo, que si rehusase a verla.

De algún modo, sabía por adelantado que ella buscaría la forma. O tal vez él. Realizar planes para verse, dialogar. Muy adentro de su alma, de su pensamiento, mantenía guardada aquella su imagen, «realiza una pausa razonable».

Inicia conversación interna de sus sentimientos:

—Sé que siempre voy a quererla, esta pasión, este sentimiento no es para arrojarlo así nomás porque sí. También sé que fuimos ayer, que el tiempo nos ha ofrecido bondades, oportunidades, tal como ella me lo pidió—.

—En esta etapa de mi vida me he encontrado con una gran persona, una hermosa dama. Hana. Que al solo verla es la resplandeciente realización de un deseo íntimo...—.

Detuvo su pensamiento mirando al piso con sonrisa modesta, ausente, las manos apoyadas sobre sus muslos, extendidas —pero, no responde a mis solicitudes, ni de las de nadie. Esto último da algunas ventajas, ¿creó?, pero ignoro qué quiere, qué desea, qué siente—.

—Es una verdadera incógnita o yo soy un verdadero tonto que no ve lo que quiere ver—.

Se pone de pie sujetando su novela para estirar un poco las piernas, solo para moverse, contemplando que no obtenía respuestas o no deseaba tenerlas. Dejarlas al viento.

Total, formuló teorías propias, personales.

—Podría estar equivocado, las circunstancias lucen hermosas, habrá que esperar ...— arrugando las cejas, confirmando a lo desconocido.

Volvió a sentarse suspirando con algo de fatiga mental, deja la novela con la portada boca abajo, miró el reloj, se alisó los faldones de la chaqueta que se había atrapado con su propio cuerpo.

—Hora de irse— exclamó.

De pie, encaja en su maletín documentos de trabajo; era el último que quedaba en su oficina. Por los pasillos, los aseadores se daban a la tarea de limpieza. A su encuentro, va despidiéndose de cada uno de ellos.

Al abrir las puertas de salida sintió que pasaba de un terreno a otro, a un mundo que se alumbraba por separado, este, con sus faroles haciendo agujeros sobre la obscuridad de la noche, solo para guiar a los transeúntes a su destino, —sonríe— observa arriba la bóveda oscura toda hermosa llena de estrellas, dominando el mapa del universo.

Maneja su auto con tranquilidad, dirigiéndose a su departamento, aquel lugar apacible, sereno de refugio, habitado para persona rara donde solo caben los sueños. Recordó que deseaba ir al teatro para el fin de semana, pero no había comprado boletos. Realizo un ademán de molestia como tocar un piano sobre el volante, por haberlo olvidado.

Su objetivo de refugiarse no era exactamente poder trabajar, pendientes, hacer tareas, ni siquiera por la forma elemental del ocio o estímulos ordinarios. No, él era de rutinas, sus movimientos eran por inercia; dominaba su oficio.

En su armario mantenía guardados sus libros predilectos: filosofía, arte, leyes, sus novelas. Por supuesto, ya no cabía nada allí, así que tenía todo el piso invadido, recargados sobre la pared, en total desorden. Por fortuna, para él, solo en su recámara.

Dentro de ese espacio de su recámara, lo único que se encontraba libre, solitario, era una pequeña mesita teresinha delgada, sobre su plato redondo un pebetero, que arrojaba su fragancia sobre el espacio. En su base algunas cajitas que guardaban incienso de sándalo, en otra, algo de agar.

Sentado en la mesa del comedor, tras haber tomado más whisky de lo normal, su pensamiento dio un cierto imprevisto, dando comienzo a un suceso de imágenes de mujer favorecidas por circunstancias para nada fortuitas, con carácter extraño y fantástico.

El semblante de dos damas que le provocaban demasiadas emociones, inteligentes, seductoras. Sintiéndose invadido por una curiosidad, un recelo.

Empezó a llover. Una incalculable cantidad de agua se precipita del cielo con estrépito sobre la ciudad, los vidrios de las ventanas presentando su fortaleza.

Se preguntó: ¿por qué, bajo aquella tempestad, dos damas venían a su pensamiento?, ciertamente no pasaban desapercibidas para nadie, su mismo reflejo conservó este juicio, el resto no le importó.

Recordó, cuando daba su exposición la mirada de Hanna, como si la esperara, como si supiese que lo miraría.

Ella vio la insinuación de una sonrisa... No se movió; no le otorgaría la concesión de volverse..., no tenía derecho de mirarla de esa forma. Se daba cuenta de que él lo sabía. La insinuación divertida e insolente parecía decirle que él no ignoraba, que ella no quería que la mirara nuevamente.

Damasus entendiendo, ocupado, desistió de su instantáneo empeño trémulo. De súbito, en aquella sala recorre las caras, deteniéndose, sintiéndose vigilado por otra mirada; Farah.

Alzó su mirada hacia el techo, lo que más recordaba, no eran sus ojos, ni su boca: sus brazos, sus manos. El significado de aquel momento parecía residir en aquella imagen la de sus brazos descansando sobre el largo rectángulo de madera, recorriéndolos en segundos cuesta arriba hasta llegar a un rostro invadido de luz, la piel fresca, su cabello dorado «no, no es nada, solo mala interpretación la mía» pensó.

Se echó hacia atrás, junto con su brazo, cerrando los ojos, dejando caer la cabeza sobre su brazo. Su pensamiento le produjo un placer anticipado.

La tarea de la oscuridad, no se hizo esperar abrazando escuetamente el cuerpo de Damasus, inyectándole una dosis de sueño. Se levanta de su mesa, con los brazos colgados, con la cabeza hacia abajo, ocultándose de la luz, sus pisadas a medio arrastre, como si calzara zapatos de bronce.

Con la mirada extraviada toma camino a su recámara, alcanza a desabotonar de algunos ojales, se arroja a su cama. El alcohol había realizado su efecto en su novatez.

Día libre.

Antes de que el lucero del alba se despidiera de su vista, el solitario Damasus se prepara para salir. Sintiendo siempre la pasión desmedida, exigente por la indumentaria.

El abrigo echado siempre sobre los hombros, sin meter sus brazos a las mangas. Como retando a la temperatura exterior, sus detalles externos, dando como resultado el hombre elegante, soberbio, desenvuelto.

El color de su ropa agradablemente combinado, sensible, superficialmente apasionado. Buscando en los gustos de la mujer, que estos ocurran a distancia.

Cuando sus ojos miran, sobre todo, a las damas, las hace sentirse alagadas con su mirada. No perdía de vista lo que ocurría a su alcancé, componía, descifraba al instante.

Satisfecho con su apariencia, toma una de sus novelas con la firme idea de terminarla, de leer, toma las llaves de su auto. Las dejó de nuevo. Decidió caminar, llegar como siempre a la plaza cerca de su departamento.

Por los estrechos pasajes silbaba el viento; las ventanas de las casas reflejan luz a su paso sobre la larga colina. Follajes de arbustos mojados sobre macetas recién regadas, los pisos de adoquín humedecidos, arrojando el acre olor de la tierra. A lo lejos, levemente se escucha el prolongado silbato del tren, cruzando la cercana estación, enmarcando la existencia del bullicio de la ciudad.

Era domingo, y acercándose a la plaza, aumentaba el volumen de algunos tríos musicales, otros a cápela, deleitando con canciones favoritas en mesa de los comensales.

♫*Como ave errante viviré*♫
♫*Buscando alivio a mi dolor*♫
♫*Con la nostalgia de tu amor*♫
♫*Yo moriré.* ♫

Sí, recordaba la huella de esa canción que a veces cantaba su mamá, "La Enramada", 1955, con la voz inolvidable de Javier Solís.

Termina su desayuno, le retiran, sirven su café, se concentra en lectura de novela, rodeado de viento, luz, emoción, bajo la sombrilla cómodamente en su equipal.

Corredora.

Aun obscurecido, a unas cuadras de su departamento, la figura de Hana se traslada en el espacio nocturno, silencioso.

La dama, toda una atleta, sus ritmos de tiempos, velocidad, concentración, respiraciones controladas. A largos pasos volaba sobre las banquetas, el pavimento.

En ese disparo de movimientos, siempre traía consigo una reflexión poética que alguna vez le dio lectura en una revista escolar, le inspiró, se le quedó grabada:

Corredor ...

...
Bello virus de camino,
corazón y reloj palpitando con relativa intensidad,
fidelidad en el pensamiento,
en la línea recta de mi compás.

Sonido de mis piernas que no sorprenda la mañana,
lluvia que no concilie en el escudo de mi piel,
frío que no cobije mi fuego interno.

No hay caminos que cierren,
sudor que no disipa,
brazo que no estorbe al aire,
tarde que no entre conmigo en la noche,
enorme descanso solemne
que entretiene mi sueño, mi mañana.

Llega a su departamento, satisfecha con sus tiempos, toma su baño.

Pasados los minutos, toma asiento enfrente del espejo. Le gustó cómo se veía: fresca, lozana, feliz, —ese espacio la hizo sonreír—. Se levanta a su guarda ropa, elige de prenda su color favorito, para un día esplendoroso que anunciaba buen entretenimiento.

Su vestido de una sola pieza, blanco, adornado con rosas rojas sostenidas por su tallo, le daban imagen de colegiala. Se veía hermosa, traviesa, coqueta. Selecciona un bolso pequeño, una de las novelas. Pensaba llevarse bastante tiempo leyendo. Toma las llaves de su auto, y camina a la salida. Abre la puerta, se detiene dando un giro a su rostro, advierte: —regreso, no le den entrada a cualquiera—.

No conocía la ciudad, no tenía elección, así que tomó cualquier rumbo. Ruta que la llevó hacia el centro de la ciudad. En eso le llamó la atención el colorido, la arquitectura de la plaza. Decidió indagar, busca estacionamiento.

Así, a primera impresión, le gustó, le atrajo lo que veía, escuchaba. El viento, el surtido de olores, la naturaleza, la cocina, tierra húmeda, todo invita a quedarse y disfrutarlo.

Arrojó la vista al frente, observó una gran

cantidad de restaurantes con sombrillas encajadas en el centro de la mesa, rodeada de equipales. Eligió el primero en su camino, primera mesa, primer equipal, urgía su tasa de café, quizá un buen desayuno.

Se sienta, se acerca mesero. Para iniciar, le pide su tasa de café. Le extienden menú.

Empieza con los primeros sorbos de café, de pronto, en su mirada por encima de su tasa, ve a lo lejos la silueta de una persona, de lado, tomando su desayuno, lo reconoció. Damasus. Le dio mucho gusto verlo y el corazón inició su desenfrenada tarea de bombear fuera de lo acostumbrado.

Se contuvo, no era el momento. Solo coincidencia, no iría a hacer el ridículo entorpeciendo su desayuno, lo que estuviera haciendo.

Prefiere pedir desayuno, se cambia de lugar, dando la espalda para no provocar malos entendidos, continuar con el día normal posible.

A la par, ambos comensales terminan al mismo tiempo de comer. Toman sus respectivas novelas, inician la tarea de enterarse, comparten la tarea de sus personajes acomodados entre papel y tinta.

El café se comporta muy diurético para el cuerpo de Damasus, provocándole visitar varias veces el baño. Va saliendo todavía, untándose en el papel para secarse las manos, lo aprisiona hasta obtener una bola, la arroja al depósito de basura tratando de encestar y falla.

Voltea hacia los lados, rogando que no lo hayan visto fallar de esa manera en pleno juego de campeonato, lo mandarían de inmediato a la banca, hasta de aguador si da una excusa.

De prisa corre por la bola de basura, al levantarla dirige su mirada al frente, encontrándose con la mirada sonriente de Hana.

Hana le dedica su mirada, lo cuestiona:

— ¿Y ahora?, ¿trabajas para el ayuntamiento, recolectando basura o qué? —.

—No, ¡qué va!, soy inspector de salubridad, se les pasó esta bola de papel; para no distraerlos, les ayudo— contesta con hábil sorpresa, siguiendo el juego de la broma.

Por la forma bromista en la que Hana le abordó no afectó en mucho su temperamento, también se sintió feliz, más no pudo evitar la banda de colores que reflejaba su piel, desde los cabellos hasta los pies, un sudor termal le recorrió el cuerpo.

Pasan los segundos, ... ¡quizás millones! Se irguieron, ella en su silla, el de su cuerpo, se quedan mirando.

Ambos intentan decir algo, hacer algo, los movimientos de sus brazos sin control; finalmente, Hana toma la iniciativa al ver que la situación de Damasus era incontrolable.

Hana. — ¿Gustas acompañarme? — inquisitiva.

— ¿O prefieres que te acompañe a tu mesa? —.

Damasus al escuchar su petición, se dio por enterado de que ya lo había visto en su lugar. Más, se sorprendió de su cordialidad y educación.

Damasus. —No, de ninguna manera, Hana, por favor ..., permíteme ir por mis cosas, te acompaño, ¿está bien? —.

Hana. —Sí, claro, te espero— contestó con esa sonrisa delgada, amable de la cortesía.

De prisa, Damasus recoge sus cosas, llama a su mesero, le pide la cuenta de las dos mesas, obsequia la propina a ambos meseros. Se dirige a la mesa de Hana, se acomoda en la silla depositando su novela sobre la mesa.

Al mismo tiempo — ¿qué lees? — sonríen.

Damasus. —Tú primero—.

Hana. —No, tú primero—.

Damasus. —No, tu novela es más gruesa—.

Hana. —Hum, la tuya es más delgada—.

Damasus empieza a citar. el último guion de la novela que descansa sobre la mesa de Hana.

"Ella fue el único amor terrenal de mi vida, aunque nunca supe ni averigüé su nombre."

Hana. — ¿Ya la leíste? — sorprendida e interesada.

Damasus. —No—.

Ambos ríen de lo sabido y lo negado. El sorprendente juego del "¿lo hiciste o no lo hiciste?", con sentido de humor pueblerino.

Damasus. —Es agradable verte sonreír, tus labios ocultan la privacidad, pero su sonido presenta la broma— se lo dice con inspiración.

Los labios de Hana se movilizaron trémulos, con un leve color bermejo en su piel, lo ve a los ojos. Guardó silencio.

Dialogaron, intercambiaron ideas, críticas, pensamientos, sonrisas fluían sin prisa. En el ambiente, la gravedad empujaba la cordialidad. La burbuja del entretenimiento los mantenía acorralados.

En un momento, Damasus se sintió apenado, no podía conducirse con libertad, «ignoraba los motivos», sin embargo, se atrevió a hacerle una pregunta, algo personal, posiblemente fuera de contexto, acerca de su profesión. Finalmente, animado dice:

—Admiro tu trabajo profesional como analista programador. Por supuesto, no estoy aquí contigo para hablar de trabajo—.

Deliberadamente, se toma su tiempo, ataja.

— ¿Puedo hablarte con franqueza? — en voz baja, llegando a susurro.

Hana. —Pareces deseoso de hacerlo— le contesta lacónica, arrojando sus delgadas cejas hacia arriba, dibujando ligeras marcas en su frente.

Damasus. —Desconozco la medula de la composición matemática de tu profesión, pero no sus resultados—.

— ¿Cómo lograste proteger la base de datos

de la empresa donde trabajaste en los united estates, sin agregarle gastos de operación ni reforzarte con contratos externos?, sin dejar rastro, por mucho tiempo—.

Hana. —Primero no recurriré a los detalles, aquí nos la pasaríamos en el tema, solo puse todo mi empeño didáctico para no dejar rastro—.

—Realicé consultas con los conocedores en la materia, reconocieron habilidad en el algoritmo; aun así, apenas tenían alguna idea de cómo funcionaba—.

—Bueno, sé que también es posible que no cuentan con el equipo, la situación para enfrentarla. Pero de qué son capaces e inteligentes, lo son, no tengo ninguna duda. Agrégame un poco de suerte—.

—Callejones sin salida, son los que me encantan— agrega, en tono combativo.

Damasus. —Vaya, es muy estimulante tu manera de ver las cosas—.

Hana. —Filosofía Aristotélica: "Establecer el razonamiento lógico, es lo que funciona en todas las ciencias, en las artes, en todo lo relacionado con la inteligencia, la creación del ser humano". A cambio, nos da la oportunidad de descubrir. No ha de inventar; de descubrir—.

—La programación es una simulación de la verdad. Si el algoritmo es falso, el resultado no te servirá, es el caos de los resultados, de la ciencia, como el que producen los piratas y los hackers—.

Finalmente, sin darse cuenta para ambos, lo que debió haber sido tiempo de lectura para sus novelas. Encontrarse, fue la propuesta de la casualidad por razones desconocidas. Los instantes se convirtieron en vuelo de tiempos, sin despegar los pies de la tierra.

«Si no quieres agotar el momento, tiempo es de retirarse».

Hana levantó su brazo, ejerciendo llamado a mesero para pedir la cuenta. El mesero se acerca, le dice:

—La cuenta, ya está cubierta, señorita, ¿se le ofrece alguna otra cosa más? — con amabilidad.

Hana. —No, gracias, joven. Así está bien—.

Hana toma su novela, su bolso, disponiéndolos sobre su regazo, encima de ellos, cruzando los brazos, voltea a ver a Damasus, le dice:

—No lo vuelvas a hacer, entiendo que estoy en este país, con otras costumbres, eso otorga justificación a tu generoso gesto. Esto no es una democracia, la próxima vez, si es que se da, propongamos él arregló; ya sea un volado, el que se vaya primero, el que llegue tarde u lo que venga en gana; pague. Pero que sea de común acuerdo, frente a frente, no a hurtadillas—.

Damasus. —Claro como el agua, Hana. No volverá a suceder—.

Los dos se levantan de sus asientos al mismo tiempo.

Hana da un paso, se acerca a Damasus, le da un beso en la mejilla.

Hana. —Me acompañas a mi auto, ¿o vas en sentido contrario?, aquí estoy enfrente— con amable sonrisa.

Damasus. —Te acompaño, también voy en la misma dirección— responde gustoso.

Hana. — ¿Dónde está tu auto? — volteando a ciegas.

Damasus. —No, vengo a pie, vivo aquí cerca. El día es hermoso para caminarlo de regreso— sonriendo con anterioridad.

Hana. —Bien, que tengas bonito día— le dice dulcemente. Enciende su auto, se aleja.

Nado Libre.

Centro deportivo de natación. Después de la hora de realizar su rutina diaria, Farah se sujeta de la escalera para abandonar la alberca. Abre su mochila, deposita sus gafas, se desprende de su gorro, una hermosa cascada de cabello dorado se acomoda sobre su espalda.

Adentro de su bañador, piel rápida de poliuretano, se hospeda un cuerpo juvenil, llano, ejerciendo contrastes femeniles en armonía con la naturaleza. Sus movimientos lucen como llamas resplandecientes: atractivos, seguros, arrogantes y difícilmente la toman distraída. Observadora, poseedora de varios canales para comunicarse, escuchar, dialogar, y realizarlos al mismo tiempo.

Se acomoda el albornoz, introduce sus delgados pies en sus chanclas, toma su mochila, se retira.

En su departamento, hace una llamada telefónica.

—Papá—.

Se da un silencio —hola hija— en tono sorprendido. Desde que escuchó el tono del teléfono, inmediatamente supo que era su amada hija. Era la única que se comunicaría a las 6:00 am o 4:00 am, como lo hacía siempre. Solo que esta vez en corto tiempo. Aunque realmente Farah no tenía día, ni hora, ni nada. Todo lo que sucedía, sucedía y punto.

Farah. —Pedro está trabajando aquí en el aeropuerto, formamos parte del equipo de trabajo— se expresa con ilación.

—Si, ya me lo comentó Lázaro, está feliz con los alcances de su hijo, sorprendido, entusiasmado con que ustedes se volvieran a encontrar—.

—Lo noté con un dejo de pretensión sobre los sentimientos personales entre ustedes, aunque aclaro que fueron tiempos pasados, no incluyentes en cuanto a que no traspasaron la línea de la amistad—.

Farah se toma un largo silencio para continuar el diálogo.

—Así es, papá— lo dice en tono neutro.

—Inteligente, el viejo Lázaro— agregó —no pierde detalle de nuestros movimientos, siempre callado, respetuoso, cualidad que le admiré siempre. Lo quiero mucho, papá—.

—No te pongas celoso, te quedaste muy callado—.

—Ja, ja, ja... hay, hija, ¿a quién no quieres?, ¿y quién no te adora? —.

— ¿Y qué es tu opinión, al respecto? — le pregunta con interés, que no lo sorprendiera, o simplemente a sabiendas de que no respondería a su cuestionamiento.

Farah. —Envíame por paquetería, una copia de mi tesis profesional y el libro de economía que siempre mantienes en tu librero, muy discretamente... por favor. Te enviaré por texto mi dirección, confírmame con número de envío, ¿vale? —.

— ¿Cuál de todos? — pregunta con simulada sorpresa —hay en existencia varios, todos muy buenos, discretos—.

—Está bien, está bien, te haces el despistado, pero bueno: C. E. Ferguson Microeconomic Theory—.

—Sí, claro que sí, hija, en menos que canta un gallo mudo, estará en tus manos—.

—Gracias papá, abrazo, no hagas travesuras— cuelga.

Se va directo al refrigerador, encontrándolo casi desértico, revisa la alacena "desierto dos" —ni para qué preparar lista, ¡falta de todo! — se dijo.

Se vistió de traje deportivo de pana azul marino, decorado a los largos con bordos blancos, se detiene frente al espejo, pregunta: —¡Hey!, chula, ¿algo más?, o ¿así está bien? —.

Toma las llaves del auto y se dirige al supermercado.

Termina de realizar sus tareas cotidianas, tranquilamente se sienta en su diván, arroja los tenis a su lado. En la orilla se encuentran algunas novelas pendientes de leer. A un lado un pequeño buró con un cuaderno, encima lápiz y borrador.

Arroja su vista hacia ellos. Se les queda viendo durante largo tiempo, no mueve un solo músculo. La luz del día iniciaba su decoloración cotidiana. En aquel instante, un cúmulo de sensaciones se agolpó en su imaginación, sin forma determinada, con vagas melancolías en el silencio de la naciente noche.

Se recuesta para atrapar mejor sus pensamientos. La chica de un pequeño pueblo destinada a grandes cosas, no deseaba navegar a la deriva, —las cosas vienen y van, pero no así los sentimientos—. Lo primero que se trajo fue la imagen de Pedro.

Meditando en bajo volumen.

—Él siempre consideró que yo era su cielo;

fuera de su alcance. Amor, era todo lo que deseaba, hasta que la distancia, el tiempo, se hicieron cargo de destruirlo—.

—Nunca pensé que volvería a verlo, después de que se le rompió el corazón, pero las estrellas tenían otros planes—.

—Porque aquí está él, necesitando que se reanude aquella "relación" —

—El único problema es que hacerlo nos romperá el corazón a ambos. Al menos el mío, porque acabo de conocer, «solo conocer» a otra persona, me interesan muchas cosas de él—.

—De Pedro tampoco sé qué cosas pasaron en su tiempo, si conoce o se ha interesado por otras damas—.

—Decía mi mamá que solo el amor puede sobrevivir, que, si dos personas están destinadas a existir, encontrarán el camino de regreso, uno al otro— suspirando levemente, levanta la vista hacia el rincón —quizá tenga razón—.

—Creo que él deberá tomar la iniciativa. Si entre nosotros volviera a levitar ese fuego, esa pasión, ese cariño, pronto nos daremos cuenta. No lo rechazaré, ni me opondré, lo estimo, lo quiero, lo seguiré respetando, veremos qué pasa—.

Terminando con este penoso asunto, a un lado de su pensamiento, un hombre estaba a su lado. Damasus. Que le sacudía sus latidos con la mirada, mitad de asombro, mitad de seducción, equivalente a una interrogación enérgica, silenciosa.

Su sola presencia le había provocado limitarse a dar una lectura breve de lo sucedido en su interior, sin saber por qué, había más de mil variaciones, pero todas imaginarias.

Tendió su mirada alrededor, buscó mejor sentarse, activar su centro de gravedad para sentir el control de lo que le sucedía.

Algo impulsaba su sentimiento, que de pronto se detiene, luego vuelve a comenzar, —¡qué lío! —, sintió que su lucha era contra el impulso de un simple deseo, ¿compulsión?

Sí, pensaba en Damasus, en su cuerpo, con intimidad penetrante, —sonrió— recordó en aquella sala grande cuando otros tenían la palabra, advirtió la atención anhelante con que él la miraba. Curiosamente, también arrojaba la misma mirada a Hana «ella, sin darse cuenta».

Comenzó a pensar en aquel hombre, Damasus. Se dijo, sin dudarlo, que aquel hombre la quería.

Lo entendió así, desde la primera vez que él la había mirado. No se lo quería decir a sí misma. Se escucharon ridículos sus pensamientos, adentro de su ya obscuro departamento.

—Se río—.

Sabía que eso no podía ocurrir.

Vio la hora, —Aún tengo algo de tiempo para leer— se dijo íntimamente. Toma una de sus novelas, apaga las luces, entra a su recámara, auxiliada ya con la lámpara sobre el buró.

El artista.

En su departamento, las ventanas abiertas de par en par dan hacia el parque de enfrente. Pedro, dormido en el sillón, con los brazos colgando, el dedo pulgar de la mano derecha todavía insertado en la paleta de pintar, (zurdo). De su lado izquierdo, el pincel sobre el suelo.

Apenas iniciaba a separar sus pestañas provocadas por el canto del cenzontle. Aturdido, voltea a ver su reloj despertador, 4:00 am anuncia. Se pregunta por qué este pajarraco en particular le daba por arrojar su hermoso concierto musical a temprana hora.

— ¡Ni temprana!, quién sabe por dónde ve el alba este emplumado, cuando los demás distribuyen sus sonetos al alba—.

Muy temprano, de lunes a viernes, sale a correr. En una de las recámaras, tarde-noche, la dedica a su hermoso tren de ferrocarril eléctrico a escala N. Con una cantidad hermosa de detalles, toda una maqueta con pistas, locomotoras, estaciones, peatones. Su pasión, su actividad recreativa, el contrabando para el viaje de la vista.

El fin de semana lo dedica a pintar. Sobre una pared de la sala, su librero en secciones: pintura, arquitectura, geometría, fotografía, botánica.

Otra sección: arte, pintores, escultores, historia del arte, clase y técnicas de pinturas. Por último, la sección de novelas, revistas, cocina, electrónica, escolares.

En otro mueble, bien ordenados, pulcros, llamativos: caballetes, lienzos, pinceles, espátulas, yeso, acrílicos, paletas, frascos con agua o acrílicos, diluyentes, vodka, alcohol etílico, brochas, telas, cartones, papel, gises, pintura de agua, de aceite, estopas, trapos, mandiles.

Toda una coreografía y escenografía artística. Quién sabe de qué resultados artísticos, pero la gracia, el empeño, allí palpitan; sin duda.

Se tiró en la cama, sentía que lo habían arrastrado sobre piedras. Ya no le fue posible conciliar el sueño, decidió tomarse un baño.

Toma una de sus novelas, caballete, maletín con materiales para pintar, un tubo con su tela adentro, silla tramontina plegable de madera, disponiéndose a practicar pintura.

Sobre la carretera se divisa una salida con vista panorámica; se estaciona. Dispone de sus materiales, se acomoda con su sillita. Parecía que no traía todo el impulso para pintar.

Solo; en el lugar con claridad temprana, las nubes lentamente correteándose unas a otras, el viento apacible, el sol a sus espaldas presenta sus primeros destellos. Su mirada a nada, sin realmente mirar algo.

Se llevaba su mano a su cabello con presunción, en ademán de colocárselo o arreglárselo, apenas si lo rozaba con las yemas de sus dedos, abriendo los ojos desmesuradamente, ejercicio inconsciente para tomar conciencia de la circunstancia.

No se encuentra nada, su maquinaria no funciona, el pizarrón del día en blanco. Sentado, se dedicó a arrojar la mirada a lo lejos.

Satisfizo su silencio, regresa los materiales acomodando de nuevo en su auto.

Abre la portezuela del copiloto, desliza el respaldo del asiento hacia atrás, inicia lectura de novela.

Ya atardecía, esperó hasta terminar de leer su novela. Recarga su cabeza sobre el asiento, cerrando los ojos. Inicia su recorrido desde que conoció a Farah —sonríe— no daba tregua ante el asombroso destino que les vuelve a unir, el temblor del alma que le ocasiona su presencia.

Empezó a recoger los elementos que lo llevan a una sola definición: nostalgia.

Sí, allí estaba, tiempo pasado, pero allí estaba. Recordado, exigente, hermoso, doliente.

Sin definición, con el tiempo la pasión se quedó atrás, aceptada, respetada. Tanto así, que fue llevada al olvido, cuando hizo su aparición Hana.

Hana, el rostro cautivador, inteligente, elegante, hermoso. Una sola cara, atenta, discreta, no mostraba nada, solo su sonrisa angelical. Siempre ocupada, invitada, se escabullía, no daba margen a alguna pequeña rendija para abordarle.

De pronto el sonido de auto se estacionó enseguida, provocó que abriera sus pestañas. Dejo que la familia saliera del auto, papás e hijos, rápidamente corrieron alegres hacia la barda de la vista panorámica con la intención de acudir a ver la despedida del sol en el horizonte.

Conmovido con la risa entre los dientes, guarda novela. Se aleja tranquilamente a su departamento.

Sofía al equipo.

Después de establecer cita fuera del aeropuerto, en el centro de la ciudad. Damasus se encuentra dialogando con Sofía. Jefa en turno del sindicato nacional, conversan.

Sofía se recibió de Contador Privado en la universidad, complementó su preparación profesional ingresando a la facultad de Relaciones Públicas.

Sofía. —Miguel es tu abogado sindical en el aeropuerto Damasus— en tono indicativo.

Damasus. —Nadie es abogado sindical. Ni siquiera los abogados sindicales— lo dice ameno, y probatorio.

Sofía. — ¿Qué es lo que tienes? — con intriga curiosa.

Damasus. —Nada, absolutamente— con gesto mohíno.

Sofía ríe con sobriedad.

— ¿Entonces de qué estamos hablando? — le pregunta con curiosa severidad.

Damasus. —Únicamente hago una simple

pregunta, ¿te interesa el trabajo? —

Sofía va enderezando su gesto de sonrisa a incertidumbre, exponiendo:

— ¿Por qué quieres que Miguel se vaya? —.

Damasus. —Sofía, tú y yo crecimos juntos en la universidad. La Comisión de Asuntos Exteriores necesita un secretario con el que podamos trabajar—.

—Alguien que no tenga miedo de enfrentarse al sindicato cuando se equivoca o quiera interferir en nuestros aeropuertos—.

—Alguien que nos represente a nivel nacional, en el exterior, a nivel internacional, mantener los tratados, conexiones, ser los primeros en presentarnos ofreciéndonos como alternativa—.

Enseguida, convencido, mira directamente a Sofía, le dice:

Damasus. —Te necesitamos—.

Sofía no se sorprende de la propuesta de Damasus. Analizo la circunstancia. Sabía que él necesitaba que le quitaran trabajo de encima.

Sofía. —Supongamos que estoy interesada— moviendo su brazo, descansándolo sobre el respaldo del sillón.

Damasus, casi, casi, le interrumpe en su última palabra, mirándola con seriedad, le dice como ultimátum.

—No quiero suponer. Quiero saberlo— viéndola a los ojos con mirada convincente.

Sofía mueve levemente su cabeza, afirmando con sonrisa aviesa. Ambos con el voto del sentido común.

Después de tanta seriedad en la conversación. Damasus mueve sus grandes hombros hacia enfrente; acercándose le dice:

—Ahora necesito que me hagas un favor—.

La jefa se le queda viendo intrigada, por la forma en que se lo pide, después de acalorada conversación.

Damasus. — ¿Crees que puedas conseguirme dos boletos de entrada para el teatro? —. en voz baja, suplicante.

Sofía. —Por allí, hubieras empezado, ya me tenías asustada con tu dramática formalidad— sonriendo, volviendo a acomodar sus ojos desorbitados. Se levanta dirigiéndose a su escritorio. Del cajón extrae los boletos, se los entrega.

En el aeropuerto, Damasus conviene una cita con abogado Miguel en su oficina.

Le llegó oficio del departamento de tránsito. Exceso de velocidad, ignoró varios semáforos, conducía en estado de ebriedad. Por último, quiso sobornar al oficial de tránsito.

Fue detenido y llevado a la comandancia. La persona que lo acompañaba, pidió que la llevaran a su dirección. Se le dejó en su casa.

Miguel inicia su conversación aparentando ser agradable e interesado en la obra de teatro, donde lo vio a él, acompañado de una dama "conocida".

Damasus. —Bien, bien— sonriendo.

Se sientan. Miguel, todavía arrastrando su sonrisa, espera escuchar cuál era el motivo para citarlo a su oficina, se le queda viendo.

Damasus interviene diciendo:

—Entonces, parece que has sido un poco irresponsable—.

Miguel, al escucharlo, se le deforma la cara, intrigado por la pregunta:

— ¿Qué? —.

Damasus. —No juegues al tonto conmigo, Miguel—.

—Solo condúcete con ética— con voz moderada.

Miguel. — ¿Es por lo de la dama que acompañé la noche del teatro? — viéndose descubierto por los acontecimientos — ¿cómo te enteraste? —.

Damasus. —Soy el que manda, el que ordena, es mi trabajo saberlo—.

Miguel. —Mira, estaba algo ebria, yo solo me ofrecí a llevarla a su casa. Ella me pidió que la llevara a mi departamento— con sonrisa temblorosa, la cara desfigurada, necesitaba alguna excusa, rápida.

Damasus. —Si sabes que es tu secretaria, ¿verdad?, que trabajan en la misma empresa, ¿verdad? —.

Miguel. —Sí, pero nuestra actividad se realizó afuera, en la ciudad, en privacidad. No pasó nada más— agonizaba, buscaba la manera de que no lo viera con tanta formalidad.

Damasus. —Sinceramente, Miguel, ¿de verdad crees que estas cosas se solucionan solas? — con voz grave, el ceño fruncido.

Miguel. —No va a volver a suceder, Damasus. Lo juro por Dios—.

Damasus. —Por qué acudes a Dios Miguel, ¿después de equivocarte?, la moral continúa imborrable—.

Miguel. — ¿Qué es lo que sigue? — pregunta con los ojos apagados, rojizos, húmedos.

Damasus se pone de pie sin mover una sola fibra de su cara. Miguel permanece sentado, le sigue con la vista asustada, esperando la sentencia.

Damasus. —Tu lealtad absoluta e incuestionable— en tono que no admitía réplica.

Miguel. —Siempre Damasus, siempre— afirmando con la cabeza, debilitado, aliviado, por no ser despedido en el acto.

Damasus. —Bien, estamos en contacto— se da media vuelta para marcharse. Se detiene, y de nuevo da media vuelta.

—Tú ocupabas temporalmente el puesto de la Comisión de Asuntos Exteriores, mientras llegaba la persona. Ya la tenemos aquí. Tú te irás al aeropuerto del centro, ocuparás ese lugar—.

Media vuelta, se aleja.

La Aseguradora.

Farah llama por teléfono. Damasus identifica la llamada.

Damasus. —Bueno, esta es una sorpresa. Esperaba un mensaje de texto—.

Farah. — ¿Dónde estás? —.

Damasus. —Del otro lado del aeropuerto, tratando de encontrarle sentido a la vida, disfrutando de un bistec ranchero aquí en la fonda de doña Lolita—.

Farah. —En realidad, no llamé para molestarte— pensativa, con soltura.

Damasus. —Sí, sí lo hiciste, pero es la parte de tu encanto— sonriendo.

Farah. —No. Quiero decirte que se han robado mi auto. En está aseguradora, cuando uno es cliente secundario, no se es atendido como se debiera, la recuperación tarda mucho tiempo. Quiero ver si hay manera de que puedas auxiliarme—.

Ambos se dieron un lento tiempo de espera. Damasus armando la solución. Farah lamentando que no debió haberle pedido auxilio.

Damasus. —Envíame por texto, datos del auto, nombre de aseguradora, número de póliza, tipo de cobertura—.

—En cuanto obtenga información, con sus resultados, te confirmo. Cuenta con ello—.

Farah. — ¡Va!, gracias, estaré al pendiente—.

Hora 0500.

Damasus recibe en su oficina a Farah y a Hana.

Farah. —Tenemos un problema con la información de los aeropuertos, particularmente información que se encuentra hospedada en nuestra base de datos de informática.

Hana. —Algo de nuestra información es copiada y extraída de nuestro banco de datos—.

Farah. —Esta, se vende al mejor postor. Permitiendo bajar nuestros servicios, reducir a nuestros clientes, bloquear algunos vuelos, habrá daños a largo plazo—.

Hana. —No pueden entrar a nuestro sistema de programas y flujos, porque tenemos protegidos y cubiertos todos los pasajes—.

Damasus se toma su tiempo, para reflexionar la noticia.

Damasus. —Si han venido aquí conmigo, es porque la solución no está aquí. El problema se origina en otra parte o de otra forma. ¿cuál es el diagnóstico o posible solución? —.

Farah. —Es una empresa privada, tiene un

convenio con el gobierno para ofrecer algunos beneficios al público. Distribuye, entrega (apoyo gratuito), y bajos costos—.

—Vende: celulares, computadoras, programas-herramienta para computadora, área electrónica. Su prioridad es dar atención, servicio a estudiantes, familias de bajos recursos—.

Hana. —Esta empresa, es la única en el país autorizada para distribuir una pequeña rutina de programa llamado: Circulo-XVA, cargado dentro de un CD. Este, solo es entregado junto con un ID. Solo puede trabajar en una sola computadora. Cumplir con dos requisitos: dirección-ID del equipo, ID del cliente—.

Farah. —El estudiante o ciudadano solicita Circulo-XVA, se le pide identificación oficial, llena solicitud. Se le entrega su CD con su programa-herramienta, Círculo-XVA—.

Hana. —Usuario instala programa. Y a divertirse. Hasta aquí estamos bien.

Farah. —No todos los estudiantes o ciudadanos son monaguillos, otros son extorsionados, chantajeados, engañados o simplemente se llega con la máscara del santo, y adquiere su programita—.

Hana. —Se necesita tener alta capacidad,

experiencia como programador, para que esta herramienta sea utilizada con otros fines, sobre todo de sabotaje, esta piratería especial es manejada solo por hackers y muy bien—.

Damasus levanta auricular, se comunica con servicios, pide que envíen vehículo de transporte para tres personas y su chofer. Ordena cancelar todas las citas con su secretaria.

Damasus. —A mal tiempo, buena cara— sonriendo a sus compañeras, Farah y Hana.

Oficina del gerente de la empresa de electrónicos.

Después de hora y media de diálogo…

Gerente, sentado en su silla administrativa. Enfrente, Farah y Hana. Damasus, en su silla detrás de ellas, en silencio, escucha atentamente, con los brazos sobre los reposaderos.

Hana. —Necesitamos nos entregue programa fuente de Círculo-XVA, y localizar qué comando DOS utilizan para extraer información de nuestra Base de Datos. Así podremos bloquear cada usuario "pirata" que intente violar información del centro de informática—.

Farah. —No vamos a hacer justicia, encarcelar o corretear a los que adquirieron Círculo-XVA. Solo bloquearemos la entrada a quien intente violar nuestra privacidad—.

Gerente. —No puedo hacer eso— responde con fingido rechazo.

Damasus. — ¿Perdón? —.

Gerente. — Círculo-XVA Fuente, que solicitan no está accesible, ni disponible, solo puede ser entregada por el gobierno con permiso de un juez federal— sacudió la cabeza, con una pequeña sonrisa vacilante en su rostro.

Damasus sonríe — ¿Realmente es en serio? —.

El gerente fingió pensar en ello —Bueno, también tomará su tiempo. Quiero decir, meses o más. Como están las cosas con los federales, está en tela de duda—.

—Primero tendrán que solicitar permiso. De propina hay una pila de solicitudes delante de ustedes—.

Farah estuvo a punto de protestar, fue interrumpida por el gerente.

—Por lo pronto, voy a solicitar la orden, para que, al menos, vayan haciendo fila— fingiendo ser amable.

Farah. — ¿Haciendo fila? — ya les había llegado el agua a los aparejos. Hana casi rezaba al ver a Farah cómo le cambiaba la piel de color.

Damasus se pone de pie para distraerlas. Sobre todo, le impresionaba Farah, que pese a su enojo lograba controlar su ímpetu. Ambas buscando algún argumento para que se le diera otro giro a la solución buscada, sin lograrlo.

Damasus mira directamente al gerente con seriedad. Le dice:

—Déjame entender algo— su tono no era

duro, pero tampoco agradable.

—Tu empresa de negocios tiene permiso para vender y/o regalar Círculo-XVA con su ID. Para el caso de registrados o no se les vendió o entregó. De todas formas, se les entrega Círculo-XVA en ese momento, ¿es correcto? —.

Gerente. —Correcto—.

Damasus. —Ellos usan el programa como anónimos, ingresan su ID del equipo, y podrán utilizar inmediatamente la herramienta—.

Gerente. —Para los que no están registrados, sí, también —.

Damasus. —Y mientras usan esta herramienta de forma anónima para cualquier propósito, las autoridades no podrán monitorearlos porque su empresa no puede reaccionar dentro de un mes, ¿o quién sabe cuánto tiempo?, ante una orden judicial de "piratería" o de intervención ilegal de datos—.

Gerente. —Hacemos lo mejor que podemos— con sonrisa frustrada, encogiendo los hombros.

Farah. —Esto es una basura— mirando directamente a los ojos del gerente —están regalando sin control, una herramienta que saben que es eficaz para la piratería y saqueo de información—.

Gerente. —El programa que se dona es solo para uso de jóvenes estudiantes, así como a gente que lo compra; se le registra— dirigiéndose a Farah en tono complaciente.

Las miradas frustradas de Hana y Farah se vuelven hacia Damasus en busca de respuesta.

Hana. —O sea que, pueden permitirse el lujo de ser estudiantado o solo estar interesado en sus ventajas para invadir propiedad ajena—.

Gerente. —Me molesta lo que insinúa usted— dirigiéndose a Hana. Se recarga hacia atrás sobre su sillón, fingiendo cara de molestia.

Hana. —Para que quede claro, nos está diciendo que, si por algún milagro o accidente está conectado a la red, con la dirección ID de nuestra computadora, de una empresa, de un banco o cualquier persona, podrá dañarnos en ese momento. ¿Nos tomará un mes o quién sabe cuánto tiempo defendernos y o atraparlo por delincuente? —.

—Primero debe saber que ese no es nuestro trabajo atrapar delincuentes. Lo que sí queremos es insertar una barrera. Que la piratería no nos saquee nuestra información.

Dicha barrera solo puede ser visualizada en el programa fuente. El programa que ustedes entregan es compilado, protegido; desde allí no podremos protegernos. Por supuesto que ustedes lo saben. No entiendo por qué se niegan a entregar una copia del programa fuente—.

Gerente. —Si tienen problemas con eso—, en tono opaco. Sentía perder tiempo.

La verdad es que ya empezaba a ignorar sobre el tema, expuesto por Hana.

—Pueden comunicarse con nuestro abogado general— con tono evasivo. Se pone de pie, en señal de "aquí termina nuestra reunión" —es todo lo que puedo decir— con las cejas arqueadas.

Hana resopla indignada, Farah con el gesto fruncido, igual, se levantan de sus asientos, se dirigen hacia la salida, seguidas por Damasus.

Damasus sorpresivamente se da media vuelta, ataja en tono retador. Las damas que lo acompañan, lo esperaban de su líder.

Hana y Farah se voltean a ver con sonrisa complaciente. A la vez, Farah cierra el puño de su mano con fuerza, mostrándoselo discretamente a Hana.

Damasus. — ¿Qué tal esto? — clavando sus ojos a gerente.

— ¿Qué tal si la federación convoca a una conferencia e informamos a los empresarios, a los poderes fácticos dentro de las salas de los tribunales, para declarar que su empresa, sus procedimientos están aliados o sirven de aliados a los piratas, a saqueadores de información, que impiden ser detenidos por las autoridades?, ¿y que se protejan como puedan, los que puedan salir dañados? —.

Farah y Hana, complacidas y orgullosas por lo que acababan de escuchar, dirigen mirada directa al gerente.

Por supuesto, el gerente cede, mejor se sienta de nuevo, «bueno, pues, ... me rindo, me rindo», dirigiendo sus hombros sobre su escritorio, apretando con sus manos los porta brazos de su sillón.

Gerente. —En dos días tienen todos los ID, Círculo-XVA fuente. Se cancelará el programa Círculo-XVA ... es lo mejor que puedo hacer...

Amigo confidente.

Pedro y Esteban se encuentran comiendo en rincón de comedor. Rincón que siempre era elegido por Esteban. Empleado, trabajando de mecánico aeroportuario.

Entablaron grandiosa amistad desde que Esteban trabajaba en aeropuerto militar de Chihuahua. Vivía con su esposa.

A Pedro le encantaba acompañar a Esteban, compartiera sus sabrosos tacos de guisado, preparados por hacendosas manos de su esposa.

Platicaban largas horas. Para Pedro se convirtió en su confidente, su consejero. El hombre ya mayor, marcado por grandes líneas ajeadas, lo hacían dominante de presencia.

Lo observó a los ojos Esteban. Con voz queda, suave dijo:

—Pedro, ¿quién fue tu guía importante? —.

Pedro. —Sabes; los mejores concejos los recibí de mi padre, con él en veces, ni las palabras eran necesarias, su dominio para conocer la naturaleza, su interpretación del hombre fue siempre eficaz, certera—.

—Siempre me dejó ver, que tú eres el responsable de tus decisiones, de tus acciones—.

—Papá pudo haber sido reconocido por las cosas que hacía, pero en el mar; embarcarse por meses no se lo permitía. Tiempo de presencia no estaba de su parte—.

—Quien se atreve a navegar encima de ese extraordinario mar azul, es despojado de toda conexión con la tierra. Te quedas solo, eres su huésped temporal. Lo usas, te llevas lo que quieras, lo que encuentres bajo sus profundidades. Hasta que se termina el agua de beber, entonces regresas a tierra—.

—Y siempre tuve la sensación con él, de que era un poco ...—

Esteban lo interrumpió, que no lograra salir de su confesión.

— ¿Vio el éxito que tuviste?, también sabía la pasión que se formó en ti por Farah—.

Pedro. —Bueno, él vio algunas cosas. No sé exactamente qué era. Tenía un poco de miedo de que fuera demasiado entrometido, no podía soportarlo. Eso realmente no era lo suyo. Estaba demasiado lejos—.

—Papá fue siempre hombre de mar; marinero—.

—Cuando no se presentaba; era pescador— se toma una pausa infinita, triste.

—Cuando hablamos la última vez; era navegante—.

Esteban. — ¿Estaba en tu graduación? — con tierno matiz.

Pedro ... tararea ...

—No, no se atrevió. No recuerdo exactamente por qué no vino—.

—Eh ... no lo sé exactamente— con incertidumbre sospechosa.

—Pasó tiempo antes de que se diera cuenta de que todo era bastante serio—.

Realiza una pequeña pausa afirmativa.

—Sí, ... fue muy; ... al final de su vida tuvimos una conversación—.

—Básicamente él me dice: —

— ¿Por qué no hemos hecho esto antes?, y dije: no lo sé—.

Apoya su codo sobre la mesa, con la mano abierta descansa su cabeza, el rostro levemente angustiado, dice:

—Esa fue también la despedida—.

—Sucedió de esa manera—.

—Fue la última conversación que tuve con él. Fue realmente extraño—.

—Te preguntas cómo es posible... eso es bastante triste, por supuesto. Es una pena—.

—Si pasas tu tiempo preguntándote qué es lo que es una lástima en la vida, entonces te pones muy triste; pero no ayuda... —.

—Entonces ese es... creo que ese es el camino y no, ... no el destino—.

Reafirmando consciente.

—Sí, ... lo que te pierdes en la vida no es el destino—.

Sonriendo con consentimiento, repite.

—Sí, ... lo que te pierdes en la vida no es el destino— con expresiva sonrisa (pausa).

—Siempre pienso que es muy divertido... —.

—Conozco a mucha gente que... es una especie de condición cuando dice: sí... me faltaba esto y esto... —.

—Eso significa que hoy, no es lo suficientemente bueno— sonriendo, abriendo sus ojos desmesuradamente.

—Al final piensas... eso es una verdadera lástima— (pausa).

En la memoria de Pedro apareció el hermoso rostro de Farah. Aunque ya fuera un mero recuerdo, su imagen permanecía en él, con una frágil luz. Consiguió dominar su sentimiento, pasando a un tono más convincente, prosaico.

—Farah, ...— pronuncia pensativo, expira lentamente su aliento, con sonrisa interesante.

—Realmente es muy hermoso saber de ella, fue muy importante en mi vida, lo sigue siendo. Solo que hoy es hoy, veamos qué pasa—.

Esteban, después de escuchar sus comentarios exaltados, detectó el tono ligero de la última frase y sonrió.

— ¡Oye!, ... seguro que ni siquiera voltea a verte— bromeó.

Pedro le contestó rascándose la cabeza:

—Bueno, dejaré que ella decida— le dedicó una sonrisa.

Esteban. — ¿Qué pasa? — se extrañó.

Pedro contestó con una cara tan seria, que le hizo mucha gracia. Nunca ocultaba lo que pensaba.

—Nada— negando con la cabeza —en realidad todo ha sido mi culpa—.

Esteban. — ¿A qué te refieres? —.

Empezó a no gustarle nada el giro que había tomado la conversación por su culpa «la broma».

Pedro se quedó pensativo, con el nombre suspendido en los labios, «recordando sus últimos encuentros distraídos con Hana» no había que distraerse de nuevo.

Esteban creía que la conversación aún giraba alrededor de la dama Farah, y dice:

—Para compartir la vida con ella tendrás que realizar con destreza el nudo de gaza. Así permanecerá en puerto—.

Pedro. —No la subestimes, ella solo tendrá que recorrer a un lado la cuerda del nudo para quedar libre—.

—Realmente no pensaba en Farah, Esteban. Cuando me referí a culpabilidad, se trata de Hana. Me he portado distraído con ella, por llamar la atención de Farah—.

Esteban. — ¿Te apasiona Hana? —.

Pedro. —Hum, hum, más de un millón de momentos, créeme— dijo con cierto titubeo emocional en su voz.

—Urge que me envíen a un hospital psiquiátrico de posibles pérdidas amorosas, ¡urgentemente! — hablando oscilante, con pesadez.

Esteban se quedó observando sus movimientos, meditando qué decirle.

—Estás mejorando. Eso es lo importante. Tienes mejor aspecto— sonriendo animosamente.

Pedro, fingiendo molestia, reacciona mirando a Esteban.

—Si vas a mentirme, dime que hay una chica en tu auto, que casi se parece a la reina Azteca—.

Esteban. —Bueno, si eso quieres, la envolvemos para entrega inmediata— le dice con sarcasmo.

— ¡Pedro!, ve a su encuentro: define, aclara, decide. El tiempo corre, las circunstancias se presentan, la oportunidad acecha: la tomas o la pierdes—.

—Tus movidas son lo mejor que has ejecutado, hasta hoy—.

—Será bueno para los dos. Bueno, ¡tres! ... —.

Pedro. —Está bien, está bien. lo tendré en cuenta, en verdad te he escuchado, gracias—.

—Presiono hasta que duela— auto determinándose.

Continuaron su desayuno, sin dejar la broma, la agradable compañía. Reían, sorprendía su buen humor, el de siempre, así eran Pedro y Esteban.

Invitación.

Pedro decidió estrategia. Se contactó con Farah, pensó con cierto entusiasmo; —al menos tengo que intentarlo—.

7:00 am.

Farah contesta teléfono.

Pedro. — ¡Hola! —.

Se hizo un momento de silencio.

—Habla Pedro—.

Farah. —Sí, lo sé, reconocí tu voz— asintió.

Pedro. —Me enteré de que hoy descansas, yo también tengo descanso en el trabajo. ¿te gustaría acompañarme?, pienso ir a la feria de Puebla. Iniciaron el 25 de abril y terminan el 12 de mayo. Tomará dos horas en llegar por la autopista; ¡al relajo!, entre las 8, 9 pm estamos de regreso—.

Farah se sorprendió de la velocidad de compromiso que realiza Pedro. Habían pasado miles de años que no se divertían juntos. Cada quien había tomado su rumbo.

Y ahí estaba en la línea telefónica, como si todo lo pasado fuese solamente ayer, esperando respuesta a su solicitud —sonrió— así era Pedro, seguía siendo el mismo.

Farah. —Si, ¿por qué no? — risueña.

—Dame unas ocho horas para cambiarme, llevaré un par de tenis, supongo que caminaremos bastante. Te envío por texto mi dirección. Llegas por mí en 20 minutos y al relajo, ¿te parece? —.

Si Pedro pensaba sorprender a Farah, se equivocó. Aquí el sorprendido fue él. Recordó aquella escena de hace mucho tiempo ...

«Como siempre papá y yo nos quedábamos asombrados de la maniobra de vida que maneja Farah. Ella siempre tiene todo, soluciona todo. Muy lista, inteligente, sorprendentemente hermosa»

Lo que conducía a Pedro a contactar a Farah era una necesidad práctica; que finalmente se convirtió en un deseo puramente estético.

Pero la habilidad de Farah no era cuestionable —sonrió— así era Farah, seguía siendo la misma.

«Dame ocho horas ... llegas por mí en 20 minutos»

Pedro. —Bien, allí estaré—.

Farah. — ¡Chin..., chin..., al que se raje! —.

Cuelgan de prisa. ¡patitas para cuando! ...

Llega Pedro en su auto, Farah se encontraba afuera de su departamento sobre la banqueta, a su lado una enorme hielera, una maleta terriblemente abultada que no podía cerrarse completamente, ¿quién sabe de qué tantas cosas?, qué angustiadas deseaban escaparse, dejando ver sus partes.

Pedro, sorprendido, baja apresuradamente de su auto y le dice:

— ¡Oye gitana, si solo vamos por un día! — agitando su brazo con la mano abierta tratando de aclarar el asunto.

Farah. —Abre la cajuela, ¿quieres? — con voz tranquila, ignorando su comunicado.

Le asesta —Ustedes los hombres no son para nada precavidos—.

Pedro. — ¿Precavidos? ... ¡chispas!, cuando vas de viaje, de seguro contratas una mudanza personal—.

Farah se le queda mirando con la hielera entre sus manos, esperando le abra la cajuela.

Pedro abre su cajuela indignado.

Farah. —¡Cielos, yo gitana y tú roba libros!, ¿primero te fuiste a asaltar la biblioteca?, aquí no cabe nada, ni con calzador—.

Farah, deja sobre el suelo la hielera, se dirige a su casa, entra, recoge las llaves de su auto. Sale de prisa, abre el maletero, enseguida toma de nuevo la hielera.

Voltea a ver a Pedro, que continuaba inmóvil, divirtiéndose del escenario de su personaje. Farah, con mirada de general, le dice:

—Trae lo demás y tus cosas, ¿quieres?, no pienso llegar tarde—.

Pedro en troncha la boca, agacha la cabeza. Enseguida mejor sonríe, ya esperaba algo así de Farah, ¿no sabía qué, ni cuándo, ni cómo?, pero sucedería.

Finalmente toman carretera. Farah manejando. Por supuesto, rebasando los límites de velocidad. Pedro de copiloto, figurando que entre sus dedos sostenía un rosario, por si sus días ya estaban contados. No recordaba bien la letra de las Aves Marías, así que mentalmente susurraba: negro, negro, negro. Blanco, blanco, blanco, ...

Los pasajeros disfrutaban alegremente de

su viaje placentero, animado, lleno de anécdotas. Cuando la alegría ya no cabía adentro, habilidosamente se escapaba por las ventanas, buscando refugio en los colores del camino.

—Busquemos— dice Farah, con su forma apasionada de ver la vida. Antes agrega.

—Seremos recíprocos, ¿vale? —

Pedro. —Me parece bien— responde intrigado e interesado con la propuesta.

Farah. — ¿Cuál ha sido el momento más emotivo de tu vida?, que siempre está contigo en tu rincón predilecto. Si te parece, puedes textual izarlo—.

Pedro. —Mis orígenes proporcionaron en mí, ser aventurero. Sin caer en lo nostálgico. Lleno de sentimientos ocultos, preguntándome cuál era la razón de mi estancia en esta sociedad—.

—Mi primer aliento fue la búsqueda. Nada se podía comparar con la vida de mis amigos pescadores, de mis padres, de la gente de mi pueblo—.

—Mi auto pregunta fue: ¿qué quiero?, ¿el movimiento, las máquinas, las cosas, convertirlas en redacción, en letras para compartirlas?, o hacerme cargo de lo que se mueve, tener el control, que funcionen a su máxima capacidad. Por supuesto, mi perfil emitía mecanismos, cálculos, darle vida al movimiento—.

— ¡Sucedió! — sonriendo con la vista al horizonte, trasladándose al panorama de aquel momento.

—Llegue. La primera vez, con asombro vi aquella grandeza: La Universidad—.

— ¡No tenía puertas! —.

La rodeo toda, había muchos accesos. Veredas de concreto son las que dibujaban trayectos, todas ellas encajaban en la entrada de un aula—.

—Invitaban. Presentía que algo ocultaban. Luego sentí el deseo de ser su huésped, habitante de ese planeta—.

—Me inscribí—.

Un día salí de allí, solo.

Sí, salí. El lugar seguía sin puertas.

Mis manos están llenas de folletos. Los acomodé, uno arriba del otro. Le di lectura al primero que decía:

Guía

Para segunda universidad: la vida.

Farah. — ¡Me rindo! —.

Pedro. — ¿Cómo que te rindes?, ¡ah no!, ¡no se vale! —.

Farah. — ¡Pedro!, ¡es hermoso lo que acabas de decir!, nada de lo que yo diga, se comparará con esa grandeza de sentimiento en tus palabras—.

Pedro. — ¿Es tu oportunidad?, te estoy retando—.

Farah. —Tienes razón— dijo, con sus manos apretó el volante. El reto se ponía interesante.

En ese momento, después de 40 minutos de viaje. A la altura de Teopantzolco, y de Palmillas, sorpresivamente el auto se les fue apagando, perdiendo velocidad. Se vio forzada a orillar el auto. Se apagó completamente.

Farah. —No te preocupes— dijo, para que no cundiera el pánico. Cómo es la mujer cuando siente que ha perdido el control, aunque le dure un instante o su tranquilidad se agote.

Bajaron del auto, se abrió el cofre solo para revisar, ¿algo?, con toda la ignorancia de la mecánica. Alguna manguera rota, alguna llanta ponchada, algún cable suelto. Algo que les arrojará algún síntoma enfermizo, ¡no complicado!

Pedro le daba al arranque y nada. Revisó la batería y nada. Revisaba de nuevo y nada ...

Atrás de Pedro, Farah, con los brazos cruzados, contempla sus movimientos. Al ver que la función no empezaba.

Le dio por cantarle, acompañando con unos pasitos de cumbia. Solo para reírse, de disfrutar y no se suele tener de qué, ni con qué.

Divertirse con el fracaso del intento, en vez de utilizar el evento fallido. El buen gusto del mal gusto.

♫ ¿Qué le pasa?, ¿qué le pasa?, a mi camión. ♫
♫ ¿Qué le pasa?, ¿qué le pasa?, que ni arranca. ♫
♫Con tan buena, con tan buena transmisión. ♫
♫Con tan buena, con tan buena, que ni arranca.♫

Pedro, muino voltea a verle. En respuesta al escenario musical, dice:

— ¡Quién maneja, eres tú! ...— pero no tuvo más remedio que empezar a sonreír.

Se olvida de todo, entra en calor, uniéndose al bailongo de la cumbia, convencido dice:

—Mike Laure “Qué le pasa a mi camión” —.

—Ja jajá ...— riendo cómplices.

Después de un rato de baile afrodisíaco, se recargan en el auto. Recuperan la frustración en la que se encontraban.

Farah. —Sigue intentándolo— dice —espérame aquí. Veré si me permiten su teléfono, para hablarle al servicio de grúa—.

Empieza a andar, por caminito andado de terracería. Enfrente de ellos, a unos doscientos metros, se encuentra un rancho, su casa grande, hermosa, tipo hacienda. Rodeada con cerco de tablillas pintadas en blanco, bien alineadas, simétricas.

Se acerca a la puerta de madera, controlada su abatida con una gruesa cuerda en aro. Revisa si se encuentra algún tipo de llamado, alarma, timbre o algo parecido. Nada.

Levanta el aro de cuerda, libera la puerta, entra al terreno; por precaución vuelve a atrapar la puerta de madera con la soga.

La distancia de cerco a la puerta de hacienda, será de unos cincuenta metros. Decidió continuar, acercarse para presentarse, pedir auxilio.

Avanzada la mitad de camino, repentinamente, ¿quién sabe de qué lugar?, se dirige hacia ella, a toda velocidad, un enorme perro pastor alemán. No ladraba. Farah abrió sus ojos desmesuradamente, detuvo su marcha. Agitada, lo espera, trata de no mover un solo músculo de su cuerpo.

Farah tenía familiaridad con los perros. En su casa siempre convivió con animales, sobre todo perros. No desconocía el instinto del animal.

El pastor ya estaba a unos metros de ella, con toda la intención de freírla, engullirla, sacarla a punta pata de su área de jurisdicción, ¿quién sabe qué tramaba aquel inmenso cuadrúpedo?

Farah con instinto de sobrevivencia. Por supuesto, ya no le quedaba otra. Decidida, levanta su brazo, con su mano abierta todo lo que puede, mostrándosela al animal. Fuertemente, le grita con voz de general: ¡STOP!

El animal rápidamente pisa a fondo todos los frenos posibles, casi arrastrando las patas traseras sobre el terreno, levantando polvareda. Se detiene. Se le quedó mirando, levemente gruñendo.

En eso se escucha un silbido, emitido desde

el fondo de la puerta de la hacienda. El animal inmediatamente se sienta sobre el terreno, sin perder de vista a su presa. Menea levemente e hipócritamente su cola.

Enseguida otro silbido, «diferente» el animal se aleja. Se sienta sobre el piso del porche de hacienda. Continúa su tarea de vigilante, sin quitarle la vista de encima.

Se abre la puerta de alambre de la hacienda, sale dama con un mandil puesto, secándose las manos en él. En idioma inglés, grita:

— ¡Acérquese! — mostrando sonrisa lejana, con su mano, pidiendo que se aproxime.

Farah reanuda su andar. Al acercarse, dice:

—Se nos ha descompuesto nuestro auto, «en plural», quiero pedirle que me permita usar su teléfono, para llamar a una grúa a recoger el auto—.

—Pasa, a tu derecha encontrarás teléfono— con cordialidad. Sentándose en silla mecedora.

Farah. —Permiso— entra, toma directorio, busca servicio de grúa. Marca, contestan. Solicita servicio, proporciona información de su ubicación.

En eso, escucha muy cerca pitidos, reconoce el claxon de su auto. A la vez entró la dama gringuita y le dice:

—Ahí te hablan. Parece que se resolvió tu problema—.

Farah, pide a la persona del servicio de grúa, que cancele la operación. Cuelga. Agradece a la dama gringuita su hospitalidad.

A toda prisa, con la sonrisa plena. Llega con Pedro, abre portezuela, se trepa.

Pedro, conduce por el camino de terracería, se para exactamente entre terracería y carretera. Los dos guardan silencio.

Decidir: izquierda o derecha. Dar por terminado o continuar el viaje. Los dos, con la mirada al frente, observan. Por la izquierda imaginan una enorme flecha. Abajo el letrero dice: ¡rajones!

Por la derecha una enorme flecha. Abajo el letrero dice: ¡al relajo!

Pedro presiona el acelerador a fondo y gira el volante hacia la derecha. Ambos decidieron, por valor entendido: ¡AL RELAJO!

Pedro. —Y bien ... —.

Farah. —Un día muy temprano me acerqué a mi amigo, el marino, el pescador. Había terminado de construir su bote de madera. Su construcción y función principal fue creado para ser velero. En especial, le agregó escálamo y estrobo para remos, en popa el espacio para enganchar un motor fuera de borda, o sustituirlo por su timón de madera—.

—El velero ya estaba sobre el agua, el mástil encajado con la vela libre, las escotas pasadas sobre las jarcias y puños. El pescador se embarca, se sienta en la popa—.

—Me observa y me pregunta: —.

—Voy a bautizarlo, ¿quieres acompañarme? —.

Farah. —Me embarco sentándome en la banca, empiezo a remar, alejarnos de la orilla. Una vez calculada la profundidad, bajé la quilla—.

—Marinero iza la vela, iniciamos vuelo silencioso, escuchando ese tono incomparable de proa, cortando el mar, avanzando a un destino controlado por timonel—.

— "Arcángel". Impreso sobre ambos lados

de la proa. Nombre que da a su velero—.

—Pescador, era de pocas palabras, lo escuchaba decir: "mucho hablar, gasta la palabra" —.

— "Arcángel" no sabe cuál será su tarea final, ¿sabe Farah cuál será su tarea final? —.

Farah. —Me tomó desprevenida, tampoco tenía la respuesta. Guardé silencio—.

Pescador. — ¡Cuidado!, va botavara hacia Barlovento, cambiamos de rumbo— alertando.

—Farah, puedes ir a la proa, estarás más cómoda evitando la maniobra de la botavara— me aconseja marinero—

Farah. —Avanzamos silenciosos por largo tiempo. Tiempo premeditado por hábil marinero. Ya le había atizado a mi alma. Lo que empezó, tenía que terminarlo—.

—Voltea a verme con ese rostro grande, mesurado, de ojos dulces, buenos. La mirada maliciosa, provocativa, soñadora. Dice: —.

—Todo tu cuerpo es "Arcángel"; Farah, su timonel—.

— "Arcángel", va y viene cruzando los mares.

Le estiban, le vacían cargas. Llevará, traerá gentes. Cumplirá con sus tareas asignadas, cerrará ciclos. Hasta terminar su vida útil—.

— ¿"Arcángel" renunciará a la historia? Su última hazaña será convertirla en leña—.

Farah. — ¡Asombroso! (expresa con júbilo) todo su pensamiento, una función estimuladora, dotada de equilibrio, esparcida de contexto. Siguiendo todos los cánones con refinado naturalismo—.

—Continúa navegante ...—.

—Si el tiempo te rebasa, no creas historia. Una vez que se cumple nuestro ciclo límite: crecer, reproducirse, responsabilidades, los hijos se van, jubilaciones, ... ¡entonces!, seguimos nosotros—.

—Nos quedamos en completa libertad. ¡Momento de elegir! —.

—Empezar la edad del hombre que quiere hacer historia, no pasar desapercibido por este mundo—.

—Quien entiende este antídoto, baja el saco de su espalda, desata, le hunde sus manos. Inicia la tarea de compartir, de dar, de ofrecer. Porque sabe que las señales del sentimiento también envejecen—.

—Convertirse en el otro profesor, si ya lo fue. Todas esas cosas que soñamos hacer cuando niños, cuando jóvenes—.

— ¡O empezar a hacer cosas que nunca imaginamos que podíamos hacer !descubrirnos! —.

—La oferta y la demanda de la felicidad están enfrente del hombre: quizás pintores, escultoras, escritores, curanderas, brujos, robar bancos, derrumbar murallas, ¡locuras!, ¿qué sé yo? —.

—El objetivo principal son los jóvenes, los que piensan como jóvenes, cuando se es joven. Iniciar el oficio de la bondad, de la caridad, imprimirlo, compartirlo. Llenarles las manos, hasta donde sea posible—.

—Puedes empezar desde ayer, hoy, mañana. En paralelo. No perturbará en tu diario afán. O esperar que sea el momento, tú decides—.

—Lo más hermoso de esta aventura es que sabes que vas a morir, ... no sabemos a dónde va la historia, lo que importa es hoy—.

—Silencio, ni una palabra más—.

—Marinero direcciona de nuevo la vela en nuestro vuelo de regreso al puerto. El silencio me rodeó completamente. Nuestra vela, orgullosa, se expande ágilmente, corta todas las distracciones, cuida mi privacidad, otorgándome la oportunidad de encontrarme—.

—Sí, después de allí, de ese momento, el mensaje fue entendido, me acompaña—.

—Cambié de hábitos. Me convertí en ávida lectora, me cambio la voz, mi sonrisa, me veo más hermosa—.

—Lo que viva en el pasado, puedo convertir en arte el presente—.

—Cuenta, me di que en cualquier lugar, en cualquier parte: me reciben, me escuchan, me buscan con respeto, con alegría, ¿por qué? —.

—Por atributos: ser profesionista, hablar otro idioma, por último, por ser mujer—.

—Decidí, a partir de entonces, escribir, ser escritora. Alguna vez, en algún lugar, empezaré a compartir lo que escribo—.

—Por supuesto, mi marinero, mi pescador, aquel hombre sabio que conocía la naturaleza: era Lázaro, tu papá— le dice Farah a Pedro.

Pedro manejaba, atentó, cuando escuchó la última frase de Farah, empezaron a humedecer sus ojos.

Tuvo que orillarse sobre la carretera. Guardan silencio en aquel paisaje aislado, conmovedor, lleno de bondad, de mensaje bueno.

Farah y Pedro tomaban aire profundamente. Sus rostros sonrojaron, dibujando la sonrisa, orgullosos.

Pedro enciende de nuevo el auto, continúa su camino. Llegaron a buena hora a la Feria de Puebla, la actividad alumbraba el día. Arribando todo tipo de personas: solitarias, parejas, grupos, familias.

Mientras se acercan, como buen anfitrión, Pedro va presentando, informando sobre la Feria de Puebla.

Pedro. —Este evento tiene sus inicios en 1962. Increíble, hermosa, se muestra llena de colorido musical, artesanal, ... mucho que admirar. Mostrar al resto del país lo mejor de la tradición, la cultura, las costumbres, principales actividades económicas en el estado ...—.

Farah interrumpe —Antes de que en menos de 10 metros me muestres como perito histórico la Feria de Puebla, yo cargo con un hambre ¡que parecen dos!, vamos a desayunar o te quedas aquí como parlanchín histórico ...—.

Pedro, ante noticia propinada, corre hacia

las casetas de pago. Paga los boletos e ingresan a la feria.

— ¡Cielos! — exclama Farah —ve que cosas tan extraordinarias de arte culinario. Voy a regresar rodando. Se me antoja de todo, ¡se ve exquisito! —.

Toman la primera mesa, ordenan su desayuno. Anticipadamente su café. Mientras toman su desayuno, observan los cartelones bien dispuestos con información detallada de eventos: fechas, lugares, horarios: exposición de artesanos, proyectos de emprendimiento, exposición ganadera, espectáculos de artistas, el foro cultural, espectáculos en palenque, el Teatro del Pueblo, actividades familiares, juegos mecánicos.

Farah. — ¿Qué presenta el Foro Cultural? —.

Pedro. —No mucho de cultura, suponen que todo es fiesta. Es decir: ni todo es cultura, ni cultura es todo—.

Farah. —Está de más Foro Cultural ¿aquí? —.

Pedro. —Algo así— responde apenado.

—El Foro Cultural presenta artistas poblanos. Algo de presentaciones de danza folclórica, conciertos de música pop—.

Farah. — ¿Circo, maroma y alcohol? —.

Pedro. —Circo, maroma, no Cultura— afirma.

Farah. —La fiesta penetra todo, sin mezclarse, separada. Totalmente luminosa, irresistible, transforma los sentidos del ser bajo su influencia, a la vez oculta, de color nocturno, sombras profundas—.

Pedro. —Sin embargo, la fiesta, la gente, la venta continúa. Algunas cosas nunca cambian—.

Farah. — ¿Te estás fastidiando? —.

Pedro. —No. Esta gente es de arraigo, en este país, con esta gente todo es posible. La mayor parte del tiempo no pasa nada.

Farah. — ¿Qué cosas que pasan son importantes? —.

Pedro. —Son importantes porque nosotros las transformamos en importantes y entonces pasan. Sin embargo, pasa el tiempo y para todos los demás no pasa nada. La luna sigue su viaje, las nubes corren, los niños juegan, tomamos el café—.

Farah. —Hum ... rara vez te veo perder la palabra, deliberar o trabarse sentimiento con palabras. Admirable en ti—.

—Muy bien, ¡aquí vamos!, somos jóvenes, tenemos la oportunidad de vivir la alegría, desgastar el tiempo en nada, en no tener rumbos, no tener miedos—.

—No vamos a permanecer estancados, mover el trasero como todos los demás. O nos iremos al fondo de la vejez—.

7:00 P.M. toman carretera de regreso a su hábitat. Farah desliza visera tapa sol, para contemplarse en el espejo.

Lo hacía con suavidad, para hacer resaltar su sonrisa, a una Farah apasionadamente preocupada por su belleza y —esa idea la hizo sonreír— atacando su coqueteo.

El viaje sería algo largo; tenían mucho tiempo aún. El tiempo para enviar el respaldo del asiento hacia atrás, con los ojos cerrados, para no pensar en nada. La caminata en la feria fue exhausta, no deseaba marchitarse... pero, ¿en qué pensaba ella, tan intensamente?

A través de la ventanilla de su puerta, arroja su mirada hacia el paso rápido del escenario, que los dejaban atrás, un paisaje tras otro paisaje, un poste tras otro poste, el escenario le trajo súbitamente otro...

Hacía bastantes años. Estaba con Pedro; salían juntos a pescar, tomar el velero y navegar por sus azules aguas, ir a ver los desfiles del 15 de septiembre, y ella sentía que aquello no podía durar. En el mástil de Pedro, la vela no aprovechaba bien el viento a su favor, la nave se mostraba insegura.

Por supuesto, había sido feliz seguidamente con otras muestras de su pasión, inteligencia, con sus otras miradas.

Pero irremplazable la inseguridad de la vela, de aquel día. Y ese pasaje se interponía en su espacio, cuando se intentaba rebasar los límites de la amistad.

Pero todo estaba compensado en él, esgrimía siempre con vitalidad, satisfecho con su existencia, no se detenía, sus sueños fueron su objetivo.

Entonces Farah se durmió de golpe, con los brazos sobre su regazo, presentando su entrega, su confianza ante aquel personaje, su amigo, su querido amigo. Sabía que siempre estaba atento para cuidarla, no hacerle ruido.

El auto no perdió su concordancia para exhibir su frustración. Rápidamente, arrojó los mismos síntomas, cuando se dirigían a la feria. Igual a medio camino, agotó el último sorbo de gasolina en el carburador, hasta que se detuvo. Pedro maniobra hacia la orilla de la carretera.

Farah. — ¿De nuevo? — con expresión asustadiza, adormilada.

Pedro. —Zip—.

Farah. — ¿Qué hiciste anteriormente para que arrancara de nuevo? —.

Pedro. —Nada—.

Pensativo ... realiza pausa premeditada.

—Supongo, que se calentó. Paso el tiempo, se enfrió, y respondió. Habrá que hacer lo mismo. ¿Si no?, tendremos que regresar a pie, y si agarras el bailecito de cumbia que te cargas, llegaremos muy contentos—.

Farah. —Qué gracioso te has vuelto últimamente— le dice muina. (pausa)

—Ja jajá ... — sonríen al unísono.

Pasan los minutos, Pedro endereza firmemente su brazo tomando el volante rígidamente, su otra mano dando masaje a su barbilla, tomando aire precipitadamente. Hana le observa su gesto levemente preocupado.

Farah. — ¿Qué es lo que pasa, Pedro? —.

Pedro. —Es solo que tengo problemas con un empleado—.

Farah. —Eso no es propio de ti—.

— ¿Por qué? —.

Pedro. —Está asustado—.

—Tiene miedo de su propia sombra—.

Farah. — ¿No es por eso que acuden a ti? —.

Pedro. —Este compañero realmente podría ser alguien grande— (pausa).

—Él está peleando conmigo—.

Farah. —Tal vez no quiera ser grande—.

—Quizás eso es lo que quieres—.

Pedro. —Quizás me estoy excediendo con él—.

Farah. —Disculparse. ¿Es bueno para los dos? —.

Pedro. — «Acierto», Farah tiene razón— piensa en voz alta, se relaja, sonriendo pensativo.

Llegan a su destino, el par de vagos. Pedro, muy atento, le ayuda a bajar su hielera y su agonizante maleta.

Intacta, solo salió a pasear.

El cielo estaba nublado, los árboles se inclinaban bajo el viento. Ni Pedro, ni ella sabían qué decir. Sin embargo, continuaban mirándose mutuamente, como si desearan decirse todavía más cosas.

Al fin, él, por hablar, dijo:

—Bueno, espero que se repita— entusiasmado.

Su tono era uniforme y ella también notó algo de melancolía. Lo miró en silencio, con pausa de meditarlo.

—Sí, Pedro, espero que sí. Muchas gracias, me la pasé genial, ¡nos la pasamos! — con hermosa sonrisa.

Se despiden.

Las llaves.

Farah ingresa a la oficina de Pedro (busca llaves de su auto). Primero se encuentra con el escritorio de secretaria. Realiza una búsqueda pronta, por si acaso se las entregó y se guardó en escritorio. Siguió buscando, no encontró algún indicio. Toma dirección a oficina de Pedro, observando cuidadosamente. Esculcar sin ocasionar desacomodar las cosas.

Pedro tenía un día más de descanso. El día que llegaron del festival de Puebla, Pedro se llevó en la bolsa del pantalón, o quién sabe en dónde, las llaves de su auto. Descansaron por la noche, muy temprano, Farah acudía a su trabajo ignorando de la ausencia de Pedro, para no molestarlo, pidió un libre, que la llevara al aeropuerto. Se dirigió directamente a la oficina de Pedro.

Mientras busca, y revisa, escuchó un ruido en la puerta de entrada, da medio giro, avanza hacia la puerta para ver quién era. Ingresan dos personas que no reconoce.

Uno de ellos, en tono violento de policía, preguntó:

— ¿Qué está haciendo aquí?, ¿quién carajos es? —

Farah. —Yo te pregunto lo mismo— con tranquilidad.

—Te hicieron una pregunta, ¿quién carajos eres? — el otro, en tono más violento. Muy gallito como queriendo pelear.

Farah. —Me llamo Farah, trabajo aquí, tengo permiso para estar aquí. Dudo que ustedes lo tengan, menos con ese tono bravo—.

—Aquí traigo mi identificación— mete la mano a su bolso, se los muestra.

Farah, mientras se acerca a mostrarles su ID, se le queda mirando al que se muestra más dueño de la situación.

Con seguridad, mostrando sonrisa amable, lanza su currican para ver si mordían el anzuelo.

Farah. —Lo siento, no te reconocí. Eres Daniel, hijo del capitán Daniel—.

Se arriesgó nombrándolo Daniel. Acababa de ver fotografía sobre la credenza, posando Pedro, Capitán y sus dos hijos, en pesca deportiva. Asumió que se llama Daniel, característica social de poner el mismo nombre al hijo mayor.

—David— le corrige.

—Yo no me llamo Daniel— réplica.

Al mismo tiempo, David revisa información de ID.

Farah. —Acabas de terminar la escuela aeronáutica, ¿no? —.

David. —Sí—.

Farah. —Fuiste muy elogiado ganándote medalla en remo individual— (también existía fotografía) ganándoselo con sonrisa.

David. — ¿Qué haces aquí? — insiste, sin querer perder su postura, como dueño de la situación y del lugar.

Farah. —Vine por las llaves de mi auto, Pedro olvidó entregármelas—.

—Pueden corroborarlo, llamen a Pedro—.

David. —Está bien. Le creo.

Farah. — ¡Bien! — exclama intenso, dando cambio de postura, ahora ella dueña de la situación y del lugar.

—Regresemos a nuestro intercambio inicial—.

David. — ¿Nuestro qué? — con cara deformada, contrariada.

Farah. —Es que, yo te dije por qué estoy aquí, pero tú aún no me dices por qué estás aquí— levantando las cejas, extiende su brazo, la mano abierta en forma dominante.

David. —Mi papá me lo pidió—.

Farah. — ¿En serio? —.

David. —Vengo siempre que me lo pide—.

Farah. — ¿De dónde sacaste las llaves? —.

David. —De mi papá—.

Farah finge cara de sorpresa interrogatorio.

— ¿Capitán Daniel tiene llaves de oficina de Pedro que la administración entrega a Pedro? —.

David. —Sí—. cerrando las pestañas, con leves movimientos de su cabeza en forma desvergonzada.

Farah. — ¿Por qué no tocaste primero? —.

Daniel empieza a sonreír torpemente. Se sintió desprevenido para dar respuesta. Da un bufido con insinuación falsa.

— ¿Quéee ...? —

Farah. —Bueno, estás buscando a Pedro, ¿no? —.

—Podría ser que todavía estuviera por aquí, pero asumiste que no estaba— con leve sonrisa.

David habla apurado, tontamente.

—Sí, podría estar dormido, no sé qué tanto sabes de él, pero como dicen, un descuidado nunca deja de serlo— lo dice ofuscado, protestando.

Farah se le quedó mirando seriamente, frunciendo el ceño. Realiza una pausa deliberada.

—Eres un pésimo mentiroso Daniel—.

—David— le corrige, con intención de defenderse.

Farah. —Quizá el peor— le asesta.

Da media vuelta, con pasos leves, se detiene. Anuncia de manera expresa continuar en su propósito. Dar por terminada la conversación.

Farah. —Bueno, Pedro no está—.

David, aun en calidad de idiota, afirma:

—Sí, eso supongo—.

Farah. —Entonces ya no hay razón para que estés aquí, ¿o sí? —.

David, aun sosteniendo la sonrisa idiota, con la cola entre las patas, voltea a ver a su compañero, dando a entender que se retiraban. Se agotaron los argumentos, nada que hacer.

El par se retira.

Farah ya no busca, espera unos minutos sentada en el sillón de Pedro. "Pedro descuidado" —sonríe— definitivamente, el muchacho David no sabe lo que dice.

Preferible esperar al día siguiente que se incorpore Pedro a su trabajo. Terminantemente, tenía que pasar el reporte de lo sucedido. Se levanta inspirada, jovial, dirigiéndose a su oficina.

Cierre de operaciones.

Empresa Blue Flight anuncia su retiro de operaciones en aeropuerto, ubicado en USA.

Es un aeropuerto completamente integrado. Funciona 24/7. Todo gracias al personal que integra la empresa, terreno, pistas, aviones, almacenes.

Ubicación que proporciona numerosas ventajas de transporte aéreo, de pasajeros, como de carga. Manejada en copropiedad por las empresas Blue Flight y Estatal de Aeropuertos Mexicanos.

Farah recibe llamada telefónica de aeropuerto Blue Flight. Le informan que le harán llegar toda la información correspondiente a despidos de personal, aviones, equipos, contratos.

Dado que es directamente la persona responsable del enlace entre las dos empresas, le piden de respuesta en la menor brevedad posible. Una vez leídas las características de los contratos. Iniciar operaciones de cierre.

Farah prácticamente se negó a dar respuesta. Antes tenía que avisar y consultar con sus superiores.

En respuesta le informan: tiene seis meses para movilizarse. Nosotros continuaremos con nuestro proceso de evacuación, clausura y cierre de empresa.

Farah. —Podemos pensar lo que sea, pero debemos abordar la solución con mente sensata.

—Deben pensar que soy cobarde—.

Hana. —No eres una cobarde, hiciste lo que tenías que hacer, no dejaste que te acorralaran—.

—No lo decidiste, el plan de retirarse de empresa Blue Flight es inaceptable—.

Farah. —La empresa tiene más experiencia que nadie—.

Hana. —No hay expertos en esto—.

—No hay sabios; somos ... ¡cielos!, somos solo nosotros—.

Farah. —Lo peor es que Damasus tiene razón, solo hablar no resuelve nada—.

Hana. —Entonces hablemos con Damasus, compramos el aeropuerto—.

Se voltean a ver Pedro y Farah asombrados ante temeraria solución.

Farah resopla con leve sonrisa, sabe que es posible, inconscientemente arrepentida de no haberlo pensado antes.

Hana. —Todos quisiéramos. Incluso tú, yo misma lo quiero. Damasus puede adquirirla, pero quien tiene los recursos es el gobierno—.

Pedro. —Abra que presentar un buen proyecto, efectivo a corto plazo—.

Farah. — No, se sentiría muy bien—.

Pedro. —Farah, puedo parecer falso, pero... dejar que cierren la empresa, que nuestra administración se vaya por el drenaje no es correcto—.

Hana. —Las cosas están yendo muy rápidas. Esto ya me huele mal. Ellos se deshacen sin pérdidas, ya no estaban ganando, en sus proyecciones calculan que mañana no la necesitarán. Nosotros somos los que perdemos un punto estratégico, dejaremos de ganar y perderemos nuestra gente—.

Farah. —Escuchen Hana, Pedro; al escuchar al director de Blue Flight me pareció ver a Damasus y al gobierno Federal diciéndome que, ... debía firmar autorizando, qué el retirarse sería un éxito—.

—Así de fácil—.

Se sienta con pesadez, resoplando con fuerza, su cara expresión incierta.

Hana. —Deja de estresarte— dijo, leyendo su cara —no tienes nada de qué preocuparte; todavía—.

Pedro y Hana guardan silencio en apoyo a su pensamiento. Escuchan.

—Hay algo ... deshonesto cuando se abandonan nuestros propios criterios—.

—No dejaremos que esto se salga de control—. Dirige su vista a ambos con seguridad.

—Haremos todo lo que sea necesario para que salgamos de esta. Hana propuso algo inteligente, trabajemos en ello—.

Pedro. —Cuenta con ello— con firmeza.

Hana. —Dentro de la información, el aeropuerto no está en venta—.

Farah. —Lo estará—.

Pedro. —Si la venta es atractiva—.

Farah. —Lo será. Cerrarla implica para ellos no invertirle, tampoco ganar. Si se oferta para que vendan las acciones, les brillarán los ojitos—.

Hana. —Negociar, tienen buena tarea Damasus y tú—.

Farah. —Ya lo creó. No perdamos tiempo, si van a apoyarme, arrojen datos.

Hana estaba a punto de protestar, pero fue interrumpida por la alarma preventiva contra sismos.

Solemnes, obedientes, con tranquilidad, toman camino por los pasillos, se dirigen hacia afuera del edificio.

Plan Azul.

Oficina de Damasus.

Miguel. —Damasus, si vas a decirme que no le crees, puedes salvarlo—.

Damasus. —No te voy a decir eso—.

Miguel. — ¿Por qué no? —.

Damasus. —Porque cuando el cliente dice que es culpable, le creo cuando dice que esa no es la maleta que usó—.

Miguel. — ¿Entonces qué ibas a decir? —.

Damasus. —Creo que viaja con esa maleta para enviarnos a una búsqueda inútil tratando de distraernos. Debemos descubrir cuál es la maleta de contrabando—.

Secretaria toca la puerta, avisando de su ingreso.

—Aquí está su equipo— informa.

Damasus. —Que pasen por favor—.

Miguel se despide de Damasus, toma la salida, saluda con respeto a trío de personajes. De igual forma, dan respuesta a su cortesía.

Damasus se pone de pie a la entrada de sus compañeros.

Damasus. —Tomen asiento por favor—.

Se sientan. Toma algunos documentos sobre su escritorio, empieza a revisarlos. Mientras sucede, empiezan a verse entre ellos, contrariados al verlo poseído en su tarea, como si no existieran, que no estaban presentes.

— ¡Magi! — pega el grito a su secretaria, sin cambiar de postura, la vista de telescopio sobre la documentación.

Magi. — ¿Sí, dígame? — sonriente desde la puerta.

Damasus. —Deténgame al mostrenco de Miguel, ... que lo detengan en la salida. Que regrese aquí, por favor— (pausa). Magi, que lo conocía, al no levantar su cabeza y verla, era de esperar la siguiente orden.

—Avísele a Sofía que venga, por favor— voltea a ver rápidamente a Magi, enseguida a su flamante equipó.

Magi. — ¿Gustan tomar algo? — dirigiéndose al equipo.

Damasus. —Dos negros, uno con dos de

azúcar, para mí un vaso de agua, por favor—.

—A menos que hayan cambiado parecer—ve a su equipo cuestionando.

El trío guarda silencio. Impresionados por las rápidas embestidas de Damasus.

Magi. —Bien, vuelvo en seguida—.

Farah. — ¿O sea que ya sabes a qué venimos, qué tomamos; con o sin azúcar, y en qué va a terminar todo esto? —.

Damasus. —Por supuesto— pausado y sonriente.

—No se sientan agredidos, es mi trabajo y no les haré perder su tiempo, ni el de la empresa. Tienen ustedes mi voto, la más absoluta confianza, y cuentan conmigo—.

—Ustedes van a exponer el proyecto, las dos personas que van a hacer su aparición, se integrarán, van a escucharlos. Podrán hacer alguna observación, o ajustes, pero entre los cinco van a adquirir el aeropuerto Blue Flight. Lo que vayan pidiendo y necesitando se les proporcionará. Cualquier cosa—.

— ¿En qué va a terminar todo esto?, depende de ustedes. Los aciertos son de ustedes, los fracasos se van a mi costal—.

—Si lo hacen mal, me sentiré fatal. Si lo hacen bien, me sentiré terriblemente más fatal ... —.

Toc, toc, se abre la puerta, hacen su aparición Miguel y Sofía, detrás de ellos, Magi con los servicios prometidos.

Magi. — ¿Dos de azúcar? —.

Pedro alza su mano. Se distribuyen las demás bebidas. Por supuesto, también las de Sofía y Miguel.

Sofía y Miguel se quedan impresionados ante el genial trabajo realizado por el equipo de Damasus. Dispuestos a colaborar con responsabilidad, a ser parte del gran proyecto que tenían enfrente.

Presentan, exhiben, cotejan, aportan, ofrecen. Dialogan, llegan a acuerdos, distribuyen tareas. Proporcionan fechas, estiman costos.

Iniciaron comunicaciones, llevar, traer documentación, reglamentos, leyes, acuerdos internacionales. Llegar a resultados presupuestales, proyecciones.

Cambiaron de lugar de trabajo. Les llevará buen tiempo realizar su gigantesca tarea.

Invitada al teatro.

Salen del teatro Hana acompañada por Damasus, elegantemente vestidos. Agregando, lo brillante de sus presencias. A su paso, se volvían el centro de atracción, no pasaban desapercibidos.

Damasus. — ¿Dónde quieres que vallamos a cenar? —.

Hana río.

Ella se volvió. Contempla sus facciones, sus tupidos cabellos, el pliegue de su boca.

—En posición de secuestrada, me abstengo de opinar. Yo te sigo ...—.

Damasus. —Conozco un lugar tranquilo. Ya sé a dónde iremos— dijo.

—Al Quattro que es de gastronomía italiana. Y después a bailar. Es decir, si te gustaría bailar.

Ella enarcó las cejas. Damasus tenía el aire alegre de seductor. Algo veloz en su travesía.

Hana. — ¿Qué te parece, si lo decidimos después de la cena? —.

Damasus. —Me parece— aceptando con voz alentadora.

Ambos quedaron en que el baile lo dejarían para otro día. En el auto de Damasus, Hana prendió la radio en forma distraída. La estación posicionada con la señal de radio universidad.

Hana. — ¿Te gusta la música clásica? —

Damasus. —Es mi preferida, sí. ¿no sé, si mi argumento es válido?, pero me gusta la buena música, con buena letra, bien interpretada—.

—Selecciono esta y algunas otras estaciones de radio, porque son las menos invadidas de comerciales—.

La miró de soslayo. Le parecía extrañamente sensible a su gracia. Al momento en que se giraba a ella, ya estaba lista, observándolo, siempre, al acecho.

Conducía muy de prisa, los lugares pasaban veloces. Nada parecido cuando pasó por ella con tranquilidad rumbo al teatro.

Hana. — ¿Siempre conduces así?, ¿según ordena tu estado de ánimo? — sonriendo sorprendida.

Damasus. — ¿Por qué? — riendo como

ladroncillo, dando cuenta de que lo sorprendieron con las manos llenas; el rubor facial.

Ella no contestó, prefirió no hacer el papel de confidente. Pensándolo, no debió decirlo, pero el mensaje ya había llegado a su destino. Por supuesto, Damasus inmediatamente corrigió, disminuyendo la marcha.

Se estaciona frente a su departamento. Hana espera, Damasus da vuelta a su auto, abre la portezuela.

Damasus, trémulo, buscaba una frase amistosa, de agradecimiento para no separarse así.

Lo sabían, se hallaban uno frente al otro. Lo sencillo, se volvía complicado. Sabiéndolo sin para ello tener que pensárselo, es decir, solo haciéndolo. No tenían que decir adiós, ¡solo despedirse!, nadie saldría lastimado.

Parecía muy desalentador, cuando no se tienen las soluciones a la mano. Se regalaron grandes miradas. Sin embargo, los eventos son esperados o ayer mismo pasaron. Válido quizá cancelarlos a mitad de la noche o de los sueños.

Habló pausadamente, como solía, encontró las palabras con cuidado. No ser preciso, sino que causaran el efecto, que fuera escuchado, con tono ambiguo, irónico, cuestionable. Ella hermosa, con su cara nívea y tersa. Comunica su piel sensaciones desconocidas, voluptuosas, palpitantes.

Para él, la vida tiene su enigmático origen en lo que no todos advierten, con la reserva que todos tomamos o dudamos en el deseo de permanecer. Sin importar los riesgos de las consecuencias con las situaciones lógicas o irremediables.

Él era el que proponía, ella la que aceptaba. Se acostumbraron a verse, salir juntos, acompañarla hasta la puerta, coincidir en los encuentros.

Pero la costumbre le da forma al cariño, a la seducción, a los abrazos, a los besos. Quedarse por la noche (lo deseaban, pero acababan yéndose después de los besos y los abrazos).

Se acerca, muy cerca de ella. Ella se mostró reacia a recibir el beso, pero él se inclinó hacia su lado, para persuadirle, para lanzarle un susurro ardiente a su oído y utilizó su lengua en su oreja. Sabía que es el beso que más convence, que vence la resistencia, el que indaga, desarma, obliga.

Ella no sabía que escuchar aquel susurro era lo más peligroso.

En el mismo momento en que presiente, ya es demasiado tarde.

Sus ardientes eventos proponían un intercambio, «te doy, tú que me das», ¿sexo?, no, en esta batalla lo que faltaba era amor.

Hana se separa de él, con la absoluta sensación de discrepar lo que la invade, al no sentirse segura de poner remedio a lo irremediable.

Hana. —No, no, no, en absoluto, no puedo enfrentar esta situación. Eres una gran persona, te admiro también— nerviosa, trata de coordinar sus palabras, con sus sentimientos.

—Creo que no tenemos pareja, la noche está despiadadamente hermosa. A mí, me acercó la curiosidad, eso es todo—.

—Tengo cerca de mi corazón, en mis pensamientos, a otra persona, tal vez no lo sabe. Pero voy a esperarla—.

—Tampoco quiero que te sientas mal, por qué fuiste muy atrevido. Aquí, en esta tibia noche, frente a frente, están un hombre y una mujer. Pasó lo que tenía que pasar, no me arrepiento. Sé que también estás de acuerdo conmigo—.

—Me gustas, claro que me gustas. Solo que

llegaste después ... ¿qué pasará mañana?, ¿no lo sé?, tal vez, nos volvamos a encontrar, darnos oportunidad ...esto no afectará en nuestro trabajo, tampoco nuestra amistad—.

Al ver a Damasus sonrojado, apenado, que no podía ni hablar. Se le acerca, le da un beso en la mejilla.

—Fue hermoso, Damasus, gracias por la velada— sonriendo alegre, coqueteando, se da media vuelta; se dirige a su departamento.

Damasus. —Hasta luego— carraspea.

Incertidumbre.

Farah y sus amigos, entre ellos Octavio, qué se habían vuelto más cercanos. Trabajaban en el mismo departamento de su equipo de trabajo. Se pusieron de acuerdo para ir a un bar, tomarse algunas cervezas, convivir, festejar el cumpleaños de Octavio.

Sentados en la barra, mientras la rocola arrojaba su rock ero sonido, Farah escrutó con algunas preguntas a Octavio, deseaba saber algunas novedades.

Farah. — ¿Qué vínculos crees que tienen entre ellos? — con curiosidad.

Octavio, sentado, baja sus brazos entrelazando sus manos, agacha su cabeza en señal de ignorar.

—Hum— le regresa la mirada —no lo sé— contestó escéptico.

Farah al escucharlo, suelta sonrisa.

Farah. —Sí, no es fácil— arroja convencida. Sonríen.

Después de silencio extraviado, Octavio se anima a dar opinión.

—Yo diría que el tipo alto y la japonesita están en una relación. O bien, solo es una amistad—.

Farah. —Comentan los pajaritos, verlos juntos en el teatro, en los restaurantes, acompañados, ... ¿algo parecido? —.

Octavio. —Sí, tienes razón. No tiene sentido—.

Farah —Quizás sean solo amigos— deseando que así sea en la realidad.

Octavio. —No tengo idea—.

Farah se somete al silencio, levanta su mentón con mirada triste, el matiz sensual de sus labios trémulos.

Delicadeza.

5:45 am. se encuentran en estacionamiento, Damasus y su equipo toman camino a sus oficinas.

Damasus. —Buen día— saludando a Farah y a Hana.

—Parece, que Pedro nos ganó. Allí está su auto— sorprendido por su tenacidad para trabajar.

Hana. —No será la primera vez capitán, normalmente siempre llega antes que nosotros—.

Damasus. —Cierto— pronuncia con alegría.

Farah. — ¡Ánimo! — replica con entusiasmo. Caminando de prisa.

Hana. — ¡Ánimo!, ¡ánimo! — en respuesta.

6:30 a.m. Farah y Hana, como en automático, al mismo tiempo se dirigen a la cafetería, encontrándose con Pedro. De pie, con la cabeza abajo, se encuentra recargado sobre la cocineta. Su tasa de café al lado.

Hana. — ¿Y ahora qué te pasa, Pedro? — preocupada.

Pedro, después de no dormir, se prepara para ir a su casa, darse un baño, regresar.

Pedro. —Hola— saluda. Ambas manos en la bolsa de pantalón.

— ¡Hola! — saludan al unísono, Farah y Hana.

Hana. — ¡Hola!, — repite —te ves viejo, Pedro.

Pedro. —Tú no—.

Hana. —Son las 6:30 de la madrugada. ¿me estás coqueteando? — con delgada sonrisa en sus labios.

Pedro agacha levemente su cabeza, comenta:

—Voy a casa, tomare un receso, refrescarme. Tengo que regresar, asegurarme que las cosas están en su lugar; enseguida podre irme todo el mes a dormir—.

Farah los escucha, observa la delicadeza con la que Hana trata a Pedro. Se queda impresionada, a la vez, le dio mucho gusto.

Farah. —Que descanses, Pedro— toma su tasa de café, se aleja.

Hana. —Yo creo, es mejor que tomes el día y descanses. Tu gente es buena en lo que hace, les has enseñado bien, confía en ellos. Además de que pones a prueba tu departamento, ¿no crees? —.

Pedro. —Sí, creo que tienes razón, gracias por el consejo. Nos vemos mañana—.

Hana. — ¡Sale!, cuídate—.

Mientras, Farah se dirige a la oficina de Damasus.

—Hola, buen día— saluda a secretaria, con su mano le envía señal; que se dirige con Damasus.

Toc, toc, — ¿Se puede? —.

Damasus. —Pasa, pasa, por favor. Toma asiento, en que puedo ayudar—.

Farah inicia su diálogo, comentando el incidente ocurrido, días antes, con la visita de David, hijo del Capitán, gran amigo de Pedro.

Damasus, la escuchó atentamente. Se preocupó, confirmó a Farah, que no era correcto lo que estaba pasando. Para Pedro, su amigo o no, daría instrucciones para la investigación.

En caso de delito, o robo de información, se castigará, sancionará o lo que sea necesario.

Le informó a Farah que sí sabía; que Pedro entregó llaves de su oficina. Esta información se la envío por escrito, reportando. Pero solo por ese día, una sola vez y el Capitán, seguramente olvidó devolverlas, o las entregaría después. Pedro confirmó, que él también dejó pasar el tiempo, y lo olvidó. Pero corregiría.

Damasus. —Definitivamente, su hijo, no tenía por qué tener posesión de las llaves, mucho menos ingresar a la oficina de Pedro—.

—Cosas raras estaban pasando, pensé que estaba perdiendo habilidad en mí trabajó, los procesos sucedían, no entendía por qué, tomaban la delantera o los perdía—.

—Lo que más me impresiona, es tu habilidad, para hacerle frente a estos vándalos. Agradezco mucho tu confianza—.

—Habrá que hacer algunas intervenciones de seguridad. Autorizaré instalar cámaras, dentro de los pasillos de nuestras oficinas. No tenía idea, cuan delicado es proteger los accesos dentro de las oficinas—.

Farah. —Bien, no se hable más de este penoso asunto. Me retiró y muchas gracias por atenderme— sonriendo triunfante.

Última oportunidad.

Pedro se comunica con Farah.

Farah, levanta auricular.

Pedro. —Buen día— saluda.

Silencio premeditado.

—Se comunica Pedro— enfatiza.

Farah. —Ja jajá ... sí, lo sé, ¡mosquetero! —.

Pedro. — ¿Por qué la risa? — nervioso.

Farah. —Por qué estoy esperando tu oferta, y te tardas como siempre ... — afirmando con alegría.

Pedro invita a Farah a la plaza a deleitarse con deliciosas nieves, dialogar, realizar algunos planes.

Farah. — ¡Fantástico! me encanta la idea, ¿podemos dejarlo para el año que viene?, ¿o pasa por mí en media hora?

Pedro. —Media hora, solo voy a pedirte un favor—.

Farah se queda muda con la interrogante.

— ¿Qué favor? —

Pedro. —Que no se te ocurra ir al tocador y ponerte hermosa, si es posible utiliza el camuflaje de doña Hermelinda Linda... —.

Farah. —Vas a ver ... ahorita que llegues don camuflaje—.

Sonríen...

Seleccionan su apetecible nieve, toman asiento. Se observan orbitando sus ojos dándole sabor al rico postre.

Para Farah, cada vez le era más difícil atrapar a Pedro en un momento verdaderamente tranquilo. Lo absorbía el tiempo. Agradecía de que pareciera estar en su mejor momento cuando él y ella estaban solos.

Pensamiento que tendía a ignorar, aunque solo fuera, porque no estaba segura de lo que significaría para él.

Los sentimientos que había estado tratando de dejar ir, inundaban su corazón.

Amablemente, ella le dio tiempo y lugar a Pedro para que siguiera adelante, que intentara encontrar a alguien más, con quien pudiera estar feliz.

Se acomodó más cerca de él, para mantener la esfera cálida.

Ella se rio entre dientes pensando, «tendré que escribir algo para adelantar la emboscada».

Pasó su mano por su cabello. Animada por el tacto, lo miró con indulgencia precavida.

Pedro. — ¿Me amas? —.

Farah. — ¿Por qué querrías saber eso? — preguntó con fingido interés.

Pedro sacudió la cabeza en negativa, con una pequeña sonrisa en su rostro.

Farah. —Bien, entonces puedo intentarlo, así que...—.

Pedro sonríe e interrumpe, — ¿realmente lo intentarías? —.

Farah fingió pensar en ello —bueno no; y no esperes que yo ...—.

Sonrieron en voz baja, abrazándose una al otro. En esos momentos, era muy fácil imaginar que así sería el resto de sus vidas.

De pronto las facciones de Pedro cambiaron de fisonomía. Acto seguido, arroja su estrecha espalda hacia atrás, recargando a su silla; dubitativo, toma ánimo para hablar.

—Esto no tiene sentido, pero— (pausa).

—No estoy seguro si puedo decírtelo—.

Farah. — ¿Qué quieres decir? —inquieta.

Lentamente, Pedro se toma varios suspiros para poder hablar.

—Te he extrañado— con voz oscilante.

Farah tomó varios segundos para asimilar lo que escuchó, a rapidez de la luz da recorrido a sus pasados. Segura, sin temor, realiza acercamiento tierno. Sonriendo dice:

—Yo también—.

Enseguida dice con voz pasiva: —eso no tiene sentido—.

Sonríen al unísono.

Farah. —Te sigo contando si me invitas otra nieve—.

Pedro. —Sí claro, ¿sabor? —.

Farah. —Igual, ... chocolate— con pícara sonrisa—.

Pedro también repitió, llegando de nuevo con dos tasas repletas.

Pedro. — ¿Te gusta mucho el chocolate? —.

Farah. — ¿No lo sé? — (suspira profundo) —gustar, no es la palabra ... — girando la órbita de los ojos — ¡me encanta! —.

Continúan saboreando la deliciosa nieve, en silencio. Escuchando el sonido de las cucharas, que rozan la pared de las tasas.

Farah observó la triste frustración en sus ojos.

—Oye—, dijo, instándolo a mirarle —me estoy divirtiendo y mucho—.

Él asintió.

Ella miró hacia otro lado «¿me amas? ». Eso era algo que no pudiera esperar. Se sentía en el lado opuesto de su sentimiento. La inspiración, los momentos no se daban.

En eso, estuvo tentada en ofrecerle tiempo, intentarlo, que estaría ahí para él.

Pero no pudo.

Farah. —Pedro— susurró al verlo tan abatido.

—No puedo decirte eso. Pero lo que puedo decirte es que quiero estar aquí. Quiero saber si existe la posibilidad de... de... —

Tartamudeó, sin saber cómo decirlo.

Pedro. — ¿Seguir siendo buenos amigos? — adivinó.

Farah sonrió feliz por la facilidad con lo que la entendió.

—Sí. Quiero saber si existe la posibilidad de que seamos, como siempre, grandes amigos—.

Pedro. —Sí, eso me encantaría—, dijo con total naturalidad.

Farah así quería terminar su encuentro, con esperanza. Bueno, y tal vez una cosa más. Sonriendo, abrió sus brazos hacia Pedro.

Él, sin dudarlo un segundo, abrazó a Farah con ternura.

Se hubiera quedado allí durante horas, solo para ver si podía tener suficiente de ese sentimiento; pero demasiado pronto Farah retrocedió.

Farah. —Cada persona tiene sus problemas—.

Psi. — ¿Ve; a otra mujer? —

Farah. —Sí, ve a otra mujer—, miró para otro lado —supongo que tengo celos, no quiero perderlo—.

Psi. — ¿Alejarte, hace un momento hablaste de alejarte de él? —.

Farah. —He dicho que me planteé alejarme—.

Psi. —Pensará usted que me extralimito, pero ¿no es usted agnóstico?

Farah. — ¿Es eso relevante? —.

Psi. —Bueno, considero que con usted se trata de una cuestión que su capacidad humana no puede resolver, ...— (corta, establece pausa).

—Se atraen, se gustan, pero no se declaran. Mientras, él tiene los ojos puestos en otra dama—.

Farah. — ¡Ha!, entonces ya sabe lo difícil que puede ser—.

Se toma un silencio, estremecida, y dice:

—Es un buen hombre, trabajador, respetuoso—.

Psi. —Has dicho que lo ves distante, no dice lo que siente, porque crees que no lo siente. Que su límite es la que dispone una amistad. No pregunta, ni se pregunta qué sigue—.

— ¿Es esa tu definición de "un buen hombre"? —.

Farah. —Pensé que no me ibas a juzgar.

Psi. —El que sufre, quiere echarle la culpa a alguien o a algo ..., el orgullo étnico se hará presente—.

Farah. —Se engaña a sí mismo, cada vez que tenemos oportunidad de estar juntos, me hace compañía, pero no está conmigo—.

Psi. —Probablemente, lo menor de sus sentimientos o engaños—.

Ella se levanta, hace el ademán de alejarse, tomando su abrigo y su bolso, en son de dejarlo allí, de no querer saber más. Resignarse sin tener respuestas a su favor, con lágrimas en los ojos.

Psi. —Puedes irte ahora o quedarte y escuchar lo que tengo que decir, no lo que te voy a decir—.

Farah entendió y aceptó sus palabras. Se sienta de nuevo, poniendo los brazos sobre su regazo, entrelazando las manos.

—Lo escucho— le dice, atendiéndole con humildad.

Psi. —Debes confiar en tu impulso inicial y plantear alejarte. No podrás sentirte bien, no podrás disipar el sentimiento de culpa, tal vez vergüenza ... mientras seas su cómplice—.

Farah. —Se equivoca en lo de cómplice—.

Psi. — ¿Por qué estás tan segura? —.

Farah. —Yo me limito a escucharlo, igual a ser su amiga, animarlo en su trabajo, felicitarlo por su profesionalismo—.

Psi. —Entonces "fraternidad" sería más exacto que "cómplice", te pido disculpas por mi aseveración—.

Farah. —Usted cree que debo definir mis límites con claridad, establecer distancia, nuestra libertad—.

Psi. — ¿Qué te acabo de decir? —.

Farah. —Alejarme—.

Psi. —Llévate solo lo tuyo, lo que alguna vez ´creíste que podías compartir, lo que sientes—.

Farah. — ¿Debo seguir apoyando? —.

Psi. —Pregúntate, ¿cómo lo ves?, ¿se dará cuenta? —.

Farah. —Tendría que encontrar el verdadero amor, la mujer que él quiere—.

Psi. —Farah, no me está escuchando—.

—El después, no tiene validez, como tampoco podrás formar parte de—.

—Es una cosa que no podrás ofrecerle, o darle, mientras él no voltee a verte. Quizás esté equivocado en su elección. Tampoco la obtendrá de ti y que hasta ahora no le han dado—.

—Tiempo al tiempo. Ocupa tu lugar. Las oportunidades llegan a cada instante de nuestra vida—.

Farah. —Entiendo— afirmando con la cabeza,

convencida, con honrada aprobación.

—Tiene razón. Entiendo ... —.

Uno de ellos la tiene.
El otro la quiere con él.
Pero él....
Él no se quedará con ella.

La secuencia de dos damas en un hiato: circulan, merodean juntas, pero pertenecen a diferentes destinos.

Una de ellas lo ticnc.
La otra lo quiere con ella.
Pero ella....
Ella no se quedará con él.

Por razones sentimentales.

Dame un espacio y ahí viviré,
dame una sonrisa y ahí te amaré,
dame un momento y ahí te escucharé,
dame un motivo y ahí cambiaré,
dame tu mano y ahí me quedaré,
dame tu fe y ahí terminaré.

Damasus se paseaba de un extremo a otro bajo la teja del restaurante, en espera de la llegada de Farah. Un día de lluvia como tantos otros, con grandes huecos en la bóveda del cielo, dejando pasar los rayos de sol.

Para él la llegada de Farah era un acontecimiento que lo llenaba de entusiasmo; la esperaba hasta con ansiedad.

Se presenta, con expresión cordial, la mirada interrogante.

Farah. — ¿Hace mucho llegaste? —.

Damasus. —No, acabo de llegar, algo rápido para no mojarme— mintiendo o justificando su presencia temprana.

— ¿Has tenido buen viaje? — tratando de cambiar la conversación.

Farah. —Sí, gracias. Lo curioso es que la zona donde vivo, ni una gota de lluvia. Apenas a unos kilómetros de aquí, lloviendo a cántaros—.

Se encaminaron al interior del restaurante, Damasus ya había realizado operación de reservación.

La dama guardaba una actitud extremadamente fría y correcta. Se sentaron, mesera rápidamente les atendió.

Damasus. — ¿Me permites preguntarte, qué música te gusta? —.

Farah, lo mira fijamente, con sonrisa capciosa. Enviando su vista al fondo del lugar, le dice:

—Al fondo hay un piano, "donde fueres, haz lo que vieres", creo que solo me limitaré a solicitar la canción—.

Damasus. —Tienes razón—, con expresión cortés —la pregunta es: ¿qué canción te gustaría escuchar?, es más, si te parece, tú solicitas dos y yo dos; ¿está bien?; que el maestro pianista elija cuándo y prioridad—.

Farah. —Me parece— respondió riéndose.

Damasus, desprende una hojita de pequeña

libretita, que extrae de su saco junto con lapicero. Se los extiende. Farah, se muerde levemente su labio, permaneció un instante reflexionando antes de escribir.

Damasus. — ¿Bebes un vino de este país? — a la vez.

Farah «¿vas algo aprisa, o voy lenta en el protocolo? ».

Farah. —Sí, está bien—.

Farah seguía desempeñando el papel de seria, correcta. No fría, le encantó como avanzaban los tiempos.

Poseía de opiniones propias, las guardó discretamente para sí, intuyó saborear más si lo escuchaba.

Damasus pide a mesera, que le acerque Vino Blanco Bacchus: Chardonnay de la vinícola Bajacaliforniana.

Transcurrió el tiempo, hablaron de sus respectivas profesiones, que la a seguranza le proporcionó auto, mientras le reponían su auto robado.

Damasus. — ¿Gustas pedir de comer? —.

Farah. —No—, dijo un tanto cortado —la razón por la que vine es para escuchar lo que me tengas que decir, pedir, rechazar o guardar silencio— se limitó a decir.

Sus palabras eran bastante subjetivas, directas. Se hizo un silencio. Damasus sorprendió su expresión, no decía nada. Bebió de su copa terminándola. Se sirvió de nuevo. Realizó gesto de descuidado; corrigió, sirviendo más vino a Farah, su copa a menos de media.

Latió apresuradamente su corazón, cuando desde el fondo se escuchan los primeros tonos al piano de la canción "Sentimientos", que Farah había elegido.

Farah se sintió inundada de tibieza, estaba frente a ella, sus ojos negros ligeramente turbados, la expresión lisa que le dieron ganas de acariciarlo.

Damasus. —Necesitas escucharme, necesito expresarme, pero no aquí. Somos dos—, dijo él —terminemos nuestro vino y vamos a dar un paseo, desde hace rato ha parado de llover, el día está hermoso, su humedad fortalece el sentimiento—.

Bebieron de sus copas, se miraron, escuchan la música, ni una palabra.

Salieron juntos. Damasus, escolta hacia el lado derecho de ella, entre banqueta y calle, «protegerla». Caminan buen rato, sin hablar. Los árboles presumían frescos, alegres, cambiando levemente su color, sobre el pavimento hilos delgados de agua corrían empujados por la gravedad.

Damasus la cogió del brazo, ella acepta con el lenguaje de la ternura, de la protección, del compañero. Alguien con quien recorre el camino.

Él se detiene, sigue tomándola del brazo, da medio giro para verla de frente, le dice:

—No nos conocemos Farah, quiero pensar que eres feliz, como yo lo soy. Eres la mujer más hermosa que jamás he visto, en mi entera vida—.

—Quiero compartir mi vida contigo. No me imaginó trascender sin tu compañía, sin estar a tu lado—.

Farah. — ¿Por qué te tardaste?, las emociones, sentimientos que expresas no acaban de ocurrir—.

Damasus. —Temor, ... temor quizás de que me rechazaras. Sabía que tenía que hacer algo, el tiempo pasaba. Semanas antes accidentalmente se atravesó una dama, indagué y ambos coincidimos en que pensábamos en otra persona. Lo nuestro podía ser fabuloso, pero estropeaba nuestros planes. Difícilmente seriamos el uno para el otro. A tiempo, afortunadamente—.

Farah. — ¿Hana? — dijo en tono jovial, que hasta entonces lo había escuchado atentamente.

Damasus palideció. Estaba realmente convencido de que nadie sabía de ellos, sin percatarse de un único detalle: de que el mundo es pequeño. La cosa va en serio.

Farah. —Comprendo lo que paso entre ustedes, lo que sientes. Todos vivimos cuidando nuestros propios sentimientos—.

—No te has referido a los míos. No me has preguntado. ¿Cómo puedes saber lo que yo pienso, si es la primera vez que estamos frente a frente, de mujer a hombre? —.

Damasus. —Escuchaste lo que tenía que decirte, no te has ido. Te tomé del brazo, tomaste del mío, caminamos juntos, ¿qué tengo que preguntar? —.

Farah. —Abrázame— le pide.

Damasus recorrió su mano por su brazo, hacia la mano de ella, se entrelazan. Luego pasó el brazo derecho sobre su hombro. Se abrazan con calma. Se inclina y apoya la cabeza sobre el hombro de ella, con fragilidad.

Ambos sentían los fuertes latidos de su corazón, turbándose. No se movían, Farah se limitó a murmurar su nombre en voz baja.

—Damasus, Damasus ... —.

Damasus. —Farah ... — murmuró también.

Para Farah, escuchar su nombre del hombre que la tenía en sus brazos, revelaba un inmenso sentimiento, «si un día llegas; tú eres quien yo espero».

Damasus sintió el deseo de besarla, quizás ambos. Él tenía que tomar la iniciativa.

Se miraron con atención. ¿se enamoraba tal vez dulcemente de ella, como ella se sentía enamorada de él?

Farah. —Te quiero— le dijo, sintiéndose enrojecer.

Damasus. —Siento lo mismo, Farah. Te quiero, ¿no sé desde cuándo?, pero ha sucedido—.

Estaban tan cerca; demasiado. Ya, no había que hablar ... y besó a Farah.

La noche empezó a cobijarlos, los faroles encendían a la par con sus cuerpos, la respiración abundaba, el viento soplaba celoso remolineando alrededor. Aturdidos con su olor de jóvenes, las bocas cálidas, mezcladas.

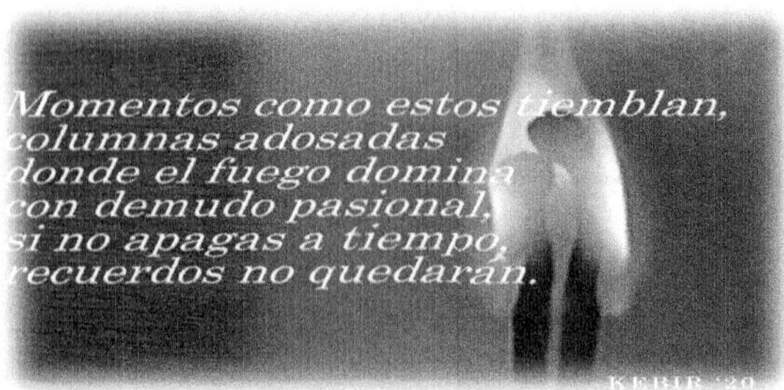

Curiosamente, el fuego no cabía en ese espacio. El viento, redimido por la inspiración de sus pensamientos, se refugió en los sueños como huyendo de la realidad, para salvarse mediante la benevolencia, la comprensión y la ley moral. Se separan.

Farah. —Creo que es mejor regresar, o acabaremos en la cama, ¿no crees, Damasus? —.

Damasus. —Sí, está bien— condescendiente.

Evidentemente, ambos pretendían iniciar un trabajo a largo plazo. Necesario actuar, modificar su forma de pensar. Hablar abiertamente y no ocultarse nada.

—Farah, siempre he sabido despedirme, veces alzando ligeramente el brazo, con cortes de giro en la mano, veces con palabras, veces en silencio. Pero de ti, nunca me despediré—.

—También voy a pedirte que seas mi novia. Deseo saber que cuentas conmigo y que cuento contigo. Que te busco y me buscas, que somos totalmente libres—.

Farah. — ¡Por supuesto que sí!, somos novios. Esperaba que me lo pidieras—.

—Bueno, aquí estamos, dejemos que nos alcance la vida, mañana será otro día, ¿no es así? —.

Damasus se inclinó para besarla suavemente en los labios. Ambos, con ojos abiertos, los cerraron. Ocultar el sentimiento, que nadie los escuche, atrapando estrellas, sin fatiga, amarse de cerca.

El fuego se abre camino, con fuerte trascendencia sexual, emanada de la fricción de sus cuerpos, causando placer, hasta detenerse en los abismos de la infatuación amorosa.

Ambos desean que algo cambie, se transforme, obligándolos a imaginar. Resplandor que se desvanece en sus pensamientos, por el manantial de vida que les espera. Es vida, sí. También experiencia de permanente fragilidad.

En realidad, no obraban así por atávicos reflejos de juventud. No; era más bien un reflejo dirigido por soledades acumuladas, la necesidad de alguien a su lado.

Se toman de la mano y emprenden camino de regreso, toman una estrecha senda cuya suave pendiente llevaba hasta lo alto de una redonda y apacible colina.

Damasus. — ¡Presta atención! —, advirtió vivamente a Farah, escudriñando delante de sí el aire. —Apenas lleguemos a la cima, se encuentra la iglesia donde quiero llegar contigo—.

Farah, al escuchar las últimas palabras, la invadió inmensa alegría, con el corazón inundado de admiración; el hombre interpretaba sus sueños, sus ilusiones.

Al frente de su vista se presentaba la plaza, atravesada por los oblicuos rayos del sol y en medio del claro resaltaba su quiosco. Cruzan la plaza, abríase fresca y reluciente hermosa iglesia detrás, y más allá aún, las esfumadas siluetas de colinas, extendiéndose hasta el infinito.

Damasus. —Aquí llegaremos juntos. Claro, si estoy dentro de tus planes— con ajustada ternura.

Farah voltea a verlo con los ojos húmedos. Guardó silencio. Sentía que cuidadosamente todo lo construía con motivo de alegría, todo cuanto pudiera reconciliarlo con la vida, compartirla con el ser amado.

«Él, ya la amaba; sin duda ...» pensó.

Sintieron, sus ojos se acomodaron en el sentimiento, dejaron bailando en el aire el síntoma del amor; que se alcanzaba a ver con la luz de las lejanas estrellas. Pero él no se lo dijo ni ella se lo dijo.

Dieron vuelta por el camino, tomados de sus brazos, sintiéndose maravillados, juntos, nada los distraía, su vista vendada, sus manos húmedas. El camino se volvió familiar. Undos, undos, ... los tacones testigos acompañan, el tiempo es rápido.

Farah. — ¡Ponte feliz hombre!, son los gajes de la felicidad, de la gloria—.

Damasus se echó a reír.

—Soy feliz, estoy feliz Farah. Sí, es el éxito. No se puede resistir el éxito—.

Farah lo mira con ternura.

—Sí—, dijo —así es el éxito—.

Damasus. — ¿llegaste en tu auto? —.

Farah. —Noup ... llegué en libre—.

Damasus. —Bien— asintió.

Farah. — ¿Cuál fue la primera canción que solicitaste en tu nota? — con suavidad.

Damasus. — (I Love You) For Sentimental Reasons. Nat King Cole—.

Farah. — ¡Qué hermosa canción! mucho que no la escuchaba. Mi papá solía tararearla a mi mamá, por supuesto no se atrevía a cantarla. Pero en casa encendía su tornamesa; encajaba su acetato, era lo primero que escuchábamos, poniéndose a bailar con mamá en la cocina—.

El breve encuentro terminó con llevarla a su departamento. Tomados de la mano, juntos sobre el asiento del automóvil. Dialogar no era necesario, escuchaban su respiración, se miraban, se entendían. No había que pensar, solo sentir.

Damasus la acompaña hasta su puerta. Le dice, que en el trabajo se podrán comunicar, en horas de descanso y después de la salida de su trabajo. Había que poner varias cosas en orden y las resolverían entre los dos.

Damasus. —Es importante para mí, que nadie sepa de esto—.

Farah. —Si es importante para ti, lo es para mí.

Damasus. —Sí, lo resolveremos— pensativo.

—Lo he expuesto mal, corrijo. Es importante para los dos. Al menos por un tiempo, no se trata de esconderse, eso no lo haré nunca. Entre los dos resolveremos, sin embargo, pienso que tú tienes mejores ideas y le darás solución—.

Farah. —Solo necesitamos tiempo, comunicarnos, hacer planes y decidimos—.

—A mediodía, voy a invitarte a comer, ¿te parece? —.

Damasus. —Sí, está bien— en su cara la duda, de cuál sería el procedimiento.

Farah. —Por supuesto, te haré llegar mensaje— sonriendo pícara.

—lugar y hora. Allí nos encontramos—.

Damasus. —Bien— sonriendo feliz.

Se dan abrazo de despedida, se besan rápidamente.

Ya pasó.

Pedro se encontraba en comedor del Aeropuerto Central, en tarea de inspección, estableciendo algunos ajustes, funcionamiento de patrones de vuelo con el jefe de la torre de control.

Miguel. — ¿Gustas te acompañe? — solicitó sonriente. Lleva en sus manos bandeja con sus alimentos.

Pedro. —Claro—, dijo amablemente — ¡ya empezaba a sentirme solo! — abriendo los ojos desmesuradamente.

Miguel. — ¿Y no te vas a enfadar? —.

Pedro. —Adelante, adelante, ¿por qué habría de enfadarme, Miguel?, la última vez que conversamos, se quedaron temas pendientes, ¡aventuras y futuro! —.

Miguel. —Bien, a confesarse entonces—.

—Ja jajá .... —sonrieron al unísono.

Miguel miró a Pedro y le pareció que había suspirado de satisfacción.

Toman sus alimentos. Pasaron algunos minutos, por alguna razón enfrente de Miguel,

Pedro se queda mirando hacia el infinito, se queda pensativo.

En son de broma, Miguel le dice:

—Solo tienes que contestar, ¿sí? o ¿no? — elevando un poco la voz; riendo.

Pedro despierta de su letargo, sorprendido.

Miguel. —Bueno, ¿cómo está el jefe de la Torre de Control?, ¿y la dama marinera? —.

Pedro. —Bien estoy. No hablemos de eso—.

Miguel. —Si quieres que me vaya, me iré—.

—Quería asegurarme de que has superado la cosa de Farah—.

—Que no afecte en tu trabajo—.

Pedro. — ¿Por qué le llamas "cosa"? nunca dejará de ser lo grandiosa, lo genial que es—.

Miguel se le queda mirando con cara de arrepentimiento.

—Sí, tienes razón, discúlpame, tomé la palabra incorrecta, ¿eso es lo que pasó? —.

Pedro. —Mira, no me impliques en la pretensión de acomodación que tengas— se expresa molesto.

Miguel. — ¿Esa es la lectura que le das? cuando a tu alrededor sabíamos que el encuentro de ustedes no funcionaría—.

Pedro. —De acuerdo— reconoció.

Miguel. — ¡Oigámosla!, ¿cuál es tu teoría sobre su distanciamiento? —.

Pedro. —Ni hablar. No pienso tocar el tema—.

La inteligencia de Miguel no era de mayor valor que su educación; pero maleable. Apesadumbrado prefirió cambiar de tema.

Pedro. — ¿Qué opinas de tu nuevo puesto en la Comisión de Asuntos Exteriores? —.

Miguel. —Magnífico, es solo que Damasus es un verdadero sabueso, y me trae a raya ... ¿no tengo idea cuando me dejará jugar? —.

Damasus le observa inquisitivo, hizo un gesto de asentimiento. Enseguida le dijo:

—Nunca Miguel, nunca ... el futuro de tu carrera litigante, está en manos del director, él lo constata y te apoya; que no tienes idea. Siempre habla bien de ti. Habla bien de todos, pero es claro, que es "segunda oportunidad" —.

—Sí te hace sentir bien, te diré: los demás no estamos en situación de "segunda oportunidad", aún. Pero de que nos trae a raya, ¡nos trae! estamos en el mismo barco—.

La Tableta.

Personal del aeropuerto fue citado para la presentación del nuevo proyecto de trabajo desarrollado por el departamento de informática, liderado por Hana, coordinado por el equipo de Damasus y su administración.

Horas antes de que iniciaran.

Damasus. —Tranquila mujer, ... todo va a salir bien. Dama inteligente como tú, todo lo hace bien ... — dándole ánimo.

—Aún recordamos el primer día que nos presentamos y nos informaste: —

"habrá que disminuir, eliminar el papeleo"

—Se quedó grabado aquí en este aeropuerto, en nuestras mentes. Hoy es tu cita, a partir de hoy pinchas la tecla, se inician operaciones—.

Era la primera vez que Hana se presentaba ante una multitud. Sin embargo, la sensación de serenidad que se apoderaba de ella no la abandona. Además, todo iba sobre ruedas; luego de que el personal se sentara en sus sillas, se acercó Damasus a la tribuna que estaba al final de la mesa, dio la bienvenida, presentó a su equipo.

Inmediatamente después, llamó a Hana a que pasara a la tribuna e iniciara su presentación.

Hana se levanta de su asiento. Tenía miedo de trabarse, de no ser capaz de hablar con la potencia de voz necesaria, tenía miedo de todo; no tuvo tiempo de pensar en nada. Farah, que estaba sentada enfrente de ella, inicia el apoyo aplaudiendo. Hana sonrió levemente, sintiéndose segura, entusiasmada por el aplauso. Se dirige hacia el proyector, lo enciende, toma el dispositivo de control en sus manos, se da media vuelta dirigiendo su vista hacia el personal.

Puso cara de circunstancias, decidida a no dar el menor traspié en su exposición e incluso arrojó su mirada a Farah, por su gesto exacto de apoyo, enseguida a un sitio totalmente preciso en donde (enseguida de Farah) estaba Pedro; sonriéndole. Por supuesto, con orgullo hacia Damasus.

Habla Hana:

—Buen día— saluda.

—La única razón por la que existen los aeropuertos, es por la necesidad de trasporte de personas, equipaje, mensajería, carga, y por asignarle un nombre, casos especiales. Transportar de un lugar a otro de nuestro globo terráqueo. Para llevar a cabo esta maniobra, se le otorga el nombre de servicios—.

—Hasta hoy, nuestros servicios son realizados, por ustedes y nuestro personal, con las variables básicas: sentido común, orden, respeto, honestidad, buena vista, escritura, bitácoras, inventarios, boletajes, maniobras, puntualidad, profesionalismo, esfuerzo, y mucho trabajo—.

—Algunas de estas variables, se trasladarán a otros procesos. Pero seguiremos dependiendo de ustedes, que continúan siendo los que vigilan, que controlan. La parte más importante del aeropuerto y de los servicios que otorgan—.

Aquí los cánones tradicionales explican por qué, la tecnología no elige su destino. Es el destino el que, por medio de un equipo de profesionales, la selecciona. Cuando se sabe cómo utilizar la tecnología, se recurre a modelos que se sabe que funcionan y que controlan, minimizando el margen de error.

—Se les ha entregado una pequeña libreta, con su lápiz, para que tomen nota de sus dudas o preguntas que deseen. Cuando termine mi exposición, podrán realizar sus preguntas o dudas y se les dará respuesta—.

—Mi departamento es de sistemas o informática, se les ha pedido que se reúnan para informar los cambios de proceso que se iniciarán en este aeropuerto. Todos ustedes tendrán que asistir a capacitación, no es nada del otro mundo. Ahora solo vigilarán los procesos que antes realizaban manualmente, continúan en su misma ruta. En caso de fallar, corregirán—.

—Sistemas es un término que designa. Un conjunto de características, cuya peculiaridad consiste en el diseño de aplicaciones o programas informáticos, tecnología digital para automatizar procesos ... —.

—Ahora, tendremos la posibilidad de contar con un dispositivo funcional: TABLETAS. Lograr crear el control en el aeropuerto—.

—Con este dispositivo electrónico, la comunicación y el control darán lugar a la eliminación de papel, tintas, marcadores, sellos, boletaje, controles para inventarios, depósitos, almacenamiento—.

—Reducir los tiempos de proceso, con códigos de barra, correos, mensajes, pasaportes, ingresos, salidas, horarios, vuelos, equipaje y su peso, permisos—.

—GPS, navegadores, escáner portátil, fotografía, video, uso de lenguajes con traductores, comunicación local, seguridad, sistema de alarmas, prescindir del control manual, escritura—.

—Es todo, hasta aquí. Iniciamos con las preguntas—.

1er. Pregunta: ¿quiere decir que todos vamos a andar cargando con una tableta en la mano?, ¿qué sucederá si se nos cae y se daña?, ¿si se nos acaba la carga?, ¿si perdemos la señal?

Hana. —La mayoría de los dispositivos, estarán dispuestos en lugares fijos, conectados y asegurados; seguirán siendo maniobrados y vigilados por personal. La diferencia actuando como portátiles—.

—Tendremos varias señales, incluyendo la satelital, evitando lo posible la pérdida de señal—.

—Personal con claves de acceso, identificación digital y ocular, tiempos de acceso para tres turnos, 24/7. Revisión y estado de salud al ingresar y al retirarse del aeropuerto o de su trabajo—.

2da. Pregunta: ¿cuándo iniciamos?

Hana voltea a ver a Damasus. Se levanta de su asiento pasando a la tribuna.

Damasus. —Terminando esta reunión, iniciaremos con capacitación; quince días tardarán en realizar la instalación de los equipos. A más tardar en diez y seis días empezamos con la operación de TABLETAS—.

—Continuará acompañándonos en esta sala el departamento de boletaje, que será el primero en recibir capacitación—.

Poco a poco, Damasus y su equipo en su reflexión profesional deja paso a una contemplación del aeropuerto que resulta fascinante justamente por lo que es, y piénsese en los grandes aeropuertos internacionales.

En esta contemplación insertaron también el gusto por la tecnología, la inteligencia. La calidad de visión aporta la perfección formal. Para estos jóvenes profesionales no es un puerto acabado, no es un bosquejo. Si no una proyección completa y elegante.

Hana y Farah son la pieza en ángulo diedro la «cuña» que ajusta. Acelerar, hender en el paso de la tecnología, la modernización, la economía. Sostener la estructura del aeropuerto, un fragmento para completar su periodo administrativo.

Para el equipo aeroportuario, las imperfecciones, son corregibles, no suscitan al viajero. Pudieran contemplarlas con indiferencia. Seguirán siendo las partes convencionales o estructurales, que existen en todo proceso de adaptación. A veces apenas visibles, a veces muy visibles, especialmente en las operaciones de gran complejidad. En especial cuando se intercalan añadidos o rellenos.

Para el equipo Damasus y sus titanes, no era necesario repetir que sus procesos, son un artificio virtual de tecnología y su aportación inteligente, de instancia conceptual y profesional que nada tiene que ver con el momento de educación y tecnología que se vive en el país. Brillan como gemas solitarias en los momentos de realizar las operaciones del aeropuerto.

Este grupo compacto trabaja con el hábito impuesto por la necesidad de avanzar, la economía interna de la forma, porque el todo de los servicios exigidos por los viajeros los reclama desde su posición externa. Si el aeroplano ha de volar con seguridad con solemnidad, ha de tener un permiso por mecánica que sea su función.

Todo pasajero quiere llegar a su destino, que lo dejen en ese otro espacio, y no le importa si, tras haber recorrido todo el aeropuerto, debe recurrir a su cartera, dar la espalda a las paredes. Darlas.

El alma se apaga.

Cuando llegó al parque, aún no había obscurecido del todo. En esos breves minutos que el sol se acaba, los sonidos se apagan, ni la soledad se reconoce. La alarma de los pájaros guarda silencio entre el follaje de los árboles.

Se tomó su tiempo para caminar por los hermosos senderos del parque, los faroles inquietos abren sus sombrillas de luz. Sintió la inseguridad de poder superar lo espectacular que era el recorrido, ordenado, controlado, guiado.

Por la mañana la despertó dolor del lado de su corazón, el brazo entumido, allí terminaba acumulándose. Sentada en su cama, esperó que se fuera, que disipara. No se asustaba, ya lo conocía.

Le entristecía saber que permanecía hospedado en su cuerpo, no le otorgaba el derecho de elegir vivir, como vivir, mucho menos compartir sus sentimientos. Se volvió dependiente del amanecer.

Mientras hacía camino se enfrasca en largos diálogos, como lo hacía siempre con su contrincante. Su atrevimiento es tan vehemente que impone palabras, sonidos, argumentos a sus preguntas. El monólogo del hiato entre ella y la muerte.

—Se dé que tratan mis espasmos, sé que me llevarás a tu desconocido rincón—.

— ¿Por qué me escogiste a mí?, ¿si yo no te he hecho nada?, más aún le agregas dolor a mi cuerpo, ingratitud a mi pensamiento, asfixiándolo, cortando el oxígeno—.

—A mi alrededor, todos dicen que en esta vida todos pagamos factura, ¿cuáles son los cargos?, al menos muéstrame un renglón con él debe o el haber, no haré reclamos—.

—Sí, lo sé. Tu respuesta favorita es—.

«Silencio».

—Los niños seguirán jugando, vientos empujarán las nubes, mañana habrá sol de nuevo, ... es tan largo contar—.

Desolada, sus ojos humedecen, busca algún escrito sobre la tierra que pisa, alguna señal en el horizonte. Avanza con más rapidez, probablemente encuentre algo más adelante.

«Nada ...»

— «¿Quieres algo de información, para programar, codificar tu situación? » — su auto pregunta en su falso terror.

Hana. — ¡Sí!, ... ¡no! ... —.

— ¡Programar, codificar! ... ¡que locura! ... ¿por qué haría eso?, sí desde hace tiempo sé que estoy perdida, ...—.

«Silencio».

Por la tarde, antes de salir del trabajo, Pedro se comunicó con ella, le pidió si podía verla. Hana aceptó con gusto. Se citaron en el parque de su colonia.

Pedro llega con dos cafés en vasos desechables, a lo lejos ve a Hana caminar por el circuito. Toma una de las bancas y espera a que Hana termine de dar su ronda.

Hana. — ¡Hola Pedro!, me tomé largo tiempo caminando, llego tarde a la cita. Perdón— toma asiento a su lado, distraída.

Pedro. — ¡Ho! — pausa.

—No, para nada—.

—Es interesante verte caminar, pareces gran filósofa meditando, verte parar, levantar la vista al cielo, luego avanzar, dar media vuelta, como que das algunas respuestas, das media vuelta de nuevo, todo un espectáculo, levitando a tu alrededor un aura encantadora—.

Hana. — ¿Y cuál es esa aura encantadora? — ambos sonrientes e interesados.

Pedro. — ¿Con quién dialogabas? —.

Hana sorprendida por lo que acaba de escuchar.

— ¿Te pareció que dialogaba con alguien? —.

Pedro. —Bueno, casi todos lo hacemos. Caminar siempre nos proporciona un buen diálogo, buena concentración, muy buenos pleitos con los desacuerdos, decisiones que a veces van de por medio nuestra felicidad, la vida, los éxitos. ¿quién sabe? —.

Hana. —Sí, tienes razón, meditamos cuando cambios se ven venir, nada es para siempre—.

Pedro. —Sí, estoy de acuerdo. Otra de las verdades absolutas—.

Hana. — ¿En serio?, ¿por qué? —.

Pedro voltea y se ve alarmado, por el interés de la retórica, «nada es para siempre», «verdad absoluta».

Hana, al ver su reflejo inesperado «sin importancia» en su cara, le increpa.

—No, ... me interesa— con leve sonrisa.

Pedro, entre su confusión, además de que no era el tema que deseaba abordar con ella, se pronuncia en disculpa.

—Solo trataba de ser condescendiente—.

Hana sorprendida por su veredicto, su piel se fue al color bermejo. No le quedó otra más que empezar a reír. Pedro le hace segunda.

Hana. —No, no, ... está bien. Yo estoy envolviendo el paquete muy grande—.

—Entonces, si te parece nos quedamos con el diálogo, "meditamos cuando cambios se ven venir" —.

Pedro. —Entonces tu diálogo si era con un personaje—.

Hana. —Sí—.

A los dos les da por sonreírse y verse a los ojos.

Pedro. —Es cierto—.

Hana. —Cierto—.

Pedro. —Por cierto, en este momento quiero ocupar su lugar— viéndola suspicaz.

Hana. — ¿Ocupar el lugar de mi interlocutor? —.

Pedro. —Sí—.

Hana lo ve a los ojos; sorprendida de su temerario amigo.

—Creo, eso no va a ser posible Pedro, ¿qué te parece, si ese interlocutor es el que está aquí conmigo?, presente—.

En ese momento, Pedro se dio cuenta de que aquel interlocutor era muy poderoso, no sería capaz de dar a conocer su identidad. Sin embargo, le ofrecía la posibilidad de exponer la razón de su cita.

Pedro. —¿Quién sabe?, pero haré todo lo posible para desviar toda tu atención y sustituirlo—.

Hana le sonríe con ternura, dando caricias a su vaso de café, examinado la tesitura de su obscuridad, el vapor huyendo de sus adentros, su calor poniendo a prueba su tacto.

—Desde el primer día que te vi, me llevo a mis pensamientos, a mis sueños, un trozo de ti. Tengo un empleo. Alquilo un departamento—.

Entre pausas de silencio, se observan, sonríen en silencio. A ella las preguntas rodean: ¿a dónde quiere llegar?, ¿qué espera de mí?

Pedro. —Como sea, eres ingeniero, ¿no?, exitosa, todo un plan de tecnología computacional imprime tu sello en el futuro. Grandes corporaciones te quieren en su equipo, lo menos es implantar en sus empresas tu diseño de sistemas—.

—Lo que sí es cierto, es que yo

te descubrí primero que ellos, desde hace miles de años te esperaba. Hoy es mi día de suerte. Aquí estoy a un lado de ti, con la mujer más hermosa, que jamás he visto en el planeta—.

Hana lo mira. Se siente elogiada por las palabras que hacía tiempo esperaba de él. Baja su rostro, en señal de complacencia y humildad.

Pedro. — ¿Te molestan mis palabras? —.

Hana. —No, por supuesto que no. Está bien. Si te soy sincera, las esperaba de ti—.

Algo como nerviosa da unos sorbos de café. Distraída, toma su pequeña mochila, indicando que quería retirarse, o ir a caminar, o simplemente no hallaba cómo enfrentar los sentimientos. Le encantaban, le encantaba y les temía, no le temía. Se relaja, decidió quedarse, escucharlo, escucharse ...

Pedro. — ¿Puedo invitarte a otro café, o si prefieres caminamos?

Hana. —Bueno, vine con el tiempo necesario, terminamos con el café y luego paseamos. La noche ya luce hermosa, su viento es fresco, invita a no desaprovecharlo—.

A Pedro le invadió una sensación de alegría, al escuchar sus últimas palabras. Casi no lo creía, arrojó su rostro hacia el cielo, como buscando a quien agradecer. Mientras Hana no quitaba la vista de él, lo miraba con admiración, el pulso acelerado. Estar cerca de él hacía que su termómetro perdiera el control. No se enteraba cuando frío, cuando calor.

Hana. — ¿Por qué te gusta tanto tu trabajo?, ¿qué secreto inspirador te mantiene allí? —.

Pedro. —Sabes, cada vez que el aeroplano elige alejarse o tocar tierra, sé que lleva almas encapsuladas, que no les queda otra que entregarse al destino, lo que suceda está fuera de su control. Entonces es cuando se nos da la oportunidad de hacer el bien, de hacer las cosas bien. Verlos que pisan tierra, qué apurados recorren los pasillos felices—.

—Sin darse cuenta, esa felicidad borró esa entrega que hicieron al destino, continúan con la vida. Inclusive, presumen que volaron en avión, pero no recuerdan que se entregaron al destino por unos minutos. Quizá miles de segundos, pero pueden contarlo—.

Hana. — ¿Harás el bien toda tu vida?, es decir, ¿solo por esa razón estás allí? —.

Pedro sonríe. Justifica, presenta uno más de sus recursos.

—Sé a qué te refieres. Nos pagan muy bien, y por hacer lo que nos gusta. Si me situó en un plan de futuro, dependerá de la mujer con la que me case, creo—.

Hana le observa detenidamente. Insinúa, pero aún no se atreve a referirse directamente a ella.

—Es alentador, saber que hay hombres que en sus metas están de por medio la mujer que aman— con sonrisa franca, admirada.

Pedro. —Sí, los hay. Y no tienes que ir

muy lejos. Aquí está uno enfrente de ti.

Hana. — ¿Lo harías?

Pedro. —Sí, con gusto—.

—Escucha, te propongo que seas mi esposa, yo ... —.

Hana sonriente, levemente mueve su cabeza en negación, pero sin omitir palabra en negativa.

—Bueno, no ... ja jajá— suelta la risa.

—Primero te pido, que seas mi novia, no sé por qué, ya me estoy casando, si ni permiso tengo ... —.

Hana. — ¿Y solo si te casaras, cumplirías? —.

Pedro, sorprendido por la pregunta, desmesuradamente abre sus ojos. No dudó de su respuesta, sino de que se dio cuenta que Hana declaraba otras opciones, que no había considerado.

Pedro. —Bueno, casarse es un recurso que es abordado con otros principios. Sin embargo, pienso que es suficiente estar con la mujer amada para cumplir. El método es cuestión de elecciones—.

—Es de dos, cuidarse mutuamente, compartir lo mejor posible, para toda la vida. El tiempo que nos quede libre, dedicárselo. ¿por qué buscar otros espacios?, si el ser amado lo es todo—.

Hana. — ¿Por qué crees que yo seré, esa otra persona, la compañera? —.

Pedro. —Por qué tú eres quien yo espero—.

Pedro levanta sus pómulos hacia el cielo ilusionado. Hana se queda sorprendida ante sus palabras, entusiasmada, «he escuchado al hombre», piensa.

Hana se levanta de su asiento.

—Caminemos— le pide.

Pedro obedece, toma los desechables

de café y los deposita en la basura. Se sacude las manos, apresurando el paso, acercándose a Hana que lo espera.

Pedro, al acercarse, la nota trémula, desorientada, con el perfil inquieto.

—Oye, ¿pasa algo malo? —.

Hana. —No Pedro, ... tus palabras, tu seguridad, me alagan, pero también me impresionan, me asustan—.

—Eres rápido, práctico. Eso para cualquier mujer, es moverle el tapete—.

Toman camino ...

—Realmente no sé, si las cosas que hacemos "buenas", entonces terminarán siendo hermosas, Pedro. Creó que imitamos lo que vemos, lo que otros realizan—.

Pedro. —Asumes que es bueno—.

Hana. — ¿No lo es? —.

Pedro. —Es una cuestión de perspectiva, supongo—.

Hana. —Por supuesto, las conductas del hombre tienen historia. Nuestros hábitos, nuestra inteligencia es dominada; bueno, descarto dominación ... "controlada" ... por la cultura, la fe, nuestras finanzas; nuestra educación. Agrego algo de pimienta: la edad—.

Pedro. —Ah, entonces la vida, si contiene su propia individualidad— saltó.

A pesar de su comentario cáustico, no tenía muy buena relación. Hana lo miró fijamente, porque en los ojos de Pedro, un instante antes de que bajara la mirada, él interpretó sus palabras en solo convicciones, se preguntó si su mentira era verdadera o falsa.

Para Hana significaba ver interiormente la expresión de la imaginación; acariciada por la realidad. Capaz de reconocer lo no visible por los sentidos, su capacidad para la percepción interior y espiritual.

Sus sentidos traducían íntimamente, según sus medidas y sus posibilidades, impulsos de percepción superior.

Señales que empezó a identificar desde que iniciaron sus arritmias: ¿don?, ¿clarividencia?, ¿trueque de dolor por virtud?, ¿aceptación sincrética?, no lo sabía ...

Hana. —Sí, acepto tu propuesta de ser novios. ... — se toma larga pausa.

—Sé y entiendo que tu propuesta tiene como finalidad llegar al matrimonio. Solo que por el momento no deseo realizar planes para casarme. Estás en buen momento de rechazarme o negociar las formas para llevar una vida de pareja; por lo pronto—.

—No me estoy negando a tener un hogar, hijos, obligaciones, lealtad. Pero para mí no es el momento, tampoco sé cuánto tardaré en aceptar el matrimonio—.

—Aquí la disyuntiva es propia, las razones podrán tener justificación o no. Necesito tiempo, no tiene nada que ver contigo. Me siento honrada y feliz de estar a tu lado, realizar planes, ser tu compañera, tu amiga, tu amante—.

—Sé que no es justo, hacerte esta proposición, tonta quizás.

Te quiero, sí. Desde hace mucho te amo, sin que lo supieras, te admiro. Anhelaba que este día llegara, pero no quiero que sufras, lastimarte—.

—Mira, las respuestas tarde que temprano llegarán, pero es necesario esperar. Vamos a conocernos, te invito. Te daré todo de mí, contarás conmigo siempre. Es todo lo que te puedo decir—.

—Estas a tiempo, Pedro. Si no estás de acuerdo, entenderé y respetaré. Seguiremos amigos como siempre, contarás conmigo siempre. Siendo honesta contigo, no habrá otra persona que llegue a amar, como te amo a ti, en este momento—.

Pedro se pone enfrente de ella, estorbándole el paso, la toma de sus manos, fija su mirada en sus ojos.

Pedro. —Hana, ... no tengo la respuesta a tu condición en este momento. Lo que sí sé, es que no me quiero separar de ti, que me gustas, que te quiero, que te amo—.

—En verdad, no sé por qué pides

tiempo, pareciera que dudas de ti misma, que después vas a salir corriendo y no quieres dar razones a nadie—.

—Es probable que tengas otras razones, entiendo que iniciamos un compromiso y no tengas la confianza para contarme. O esperas sucedan otros eventos para dar respuestas o tomar decisiones—.

—Pero te quiero. Y a tiempo te digo, acepto tu invitación, confió en que lo que te quiera, será suficiente para hacer que te quedes conmigo para toda la vida—.

Hana. — ¿Estás seguro, Pedro? —.

—No deseo ser ingrata contigo, te pediría que lo pensaras dos veces, incluso qué desistieras, rechazaras, te des oportunidad con otra persona—.

Pedro se queda pensativo por sus últimas palabras pronunciadas.

— «¿Qué pasa aquí?, ¡debo quedarme!, ¿qué está ocultando?, si en verdad la quiero, quedarme debo» —.

— «Si adopto por lo superficial se generará crisis. En nuestros espacios de transición no se entreverá bien el futuro. En este momento es cuando debo apoyar» —.

Tanta cercanía de sus cuerpos, tanta espera de caricias, atrae a dos cuerpos llenos de pasión.

Para ella, allí, volvía a ser como los primeros días, vivir suspendida en la vida, sin dolor, sin asfixia, no temía amarlo, temía perderlo, se disolviera en el limbo. Se produjo un silencio.

—Bésame— pidió ella, con acento terminante.

Pedro no hizo preguntas, se limitó a obedecer, a violar la duda. No vaciló, la tomó en sus brazos. No estaba seguro de volver a poner sus labios en su piel, encontrarse con su aliento. Tenía miedo, unió sus pestañas para ocultar su desnudez.

Sus labios indagaron la razón de amar, de querer, el instante se volvía cada vez más corto, pero la flama del fuego se alza presumiendo sinuosos movimientos. Inseparables. Desde ese momento el escenario les pertenece, corrió la filmación. La película pasará a la filmoteca de su memoria. Gloriosa, única, honorable.

Tomaron un respiro ...

—Hola— apenas dijo ella, riendo.

—Hola— y él río también.

Pedro. —Cuando el sentimiento y las caricias se encuentran, los sueños huyen—.

Hana. —Curiosamente me doy cuenta de que es la razón para vivir. Todos los caminos llevan al encuentro. Solo quieres probar el néctar del beso, el calor del abrazo, permanecer al lado del ser amado—.

Pedro. —El delicado filo de amarse con infinita paciencia. La meta: llegar a viejo será; vivir bajo las reglas normales del tiempo. Tú a mi lado, yo a tu lado—.

— ¿Te llevo a tu departamento? —

Hana. —Sí, por favor, hoy caminé mucho tiempo—.

Tomados del brazo, se dirigieron al auto de Pedro. Solo eran dos cuadras de retirado, pero desde ese momento Pedro tomaría el cuidado, el lugar de sus distancias. Así lo entendió ella, así lo acepto él. Dos serán uno solo.

Segunda llamada ...

Dos semanas después.

3:00 am, despierta asustada, con el cuerpo empapado de sudor, con el dolor ya desplazado en su brazo. Rápidamente, busca sentarse sobre su cama. Voltea para todos lados buscando la razón para despertarla, molestarle, amortizarle el miedo, el pavor.

— ¿Qué quieres de mí, despiadado dolor? — se da angustiados masajes a su brazo, los ojos húmedos.

— ¿Dónde estás?, ¿al menos dime cuanto tiempo me queda?, ¿qué debo hacer, para que ocurra el milagro y continuar amando? —.

— ¿O es para qué me aleje de todos, que no los lastime?, ¿si es eso, dímelo, te prometo que haré que me odien, me iré lejos, donde no me encuentren. Dame una señal, la que sea, pero quítame este dolor. Solo veo abismos a mi alrededor—.

—Cada día que pasa, me lleno más de

amor, de pasión, de obsesión, de sueños, pero en mañanas, como estas me los quieres quitar. Está bien, tómalos, quítamelos, al menos ya probé de ellos, me llenaron de felicidad—.

—Sí es lo único que merezco, bien. Solo dame tiempo para despedirme, es lo que te pido—.

«Silencio ...»

Respira hondo, se da ánimos. Bajo la regadera se queda largo tiempo, el agua bastante fría. Se sentía protegida cubriéndole todo el cuerpo. Al menos en esos minutos no escuchaba, no sentía, no pensaba, no tenía hambre, todo su cuerpo se bloqueaba.

Archivo confidencial.

Hana atiende la cita solicitada por Damasus.

Damasus. —Primero quiero que sepas que esta conversación e información se realizará con la más absoluta confidencialidad. Se respetará, lo que informes, exhibas; será conocido por tu autorización, y solo tú podrás hacer uso de ella—.

—Como empresa y como director responsable, es mi deber enterarme de todo lo que suceda con el personal del aeropuerto. En ningún momento distribuiremos información personal—.

—Me ha llegado aquí tu historial clínico, por supuesto estás completamente sana y cuerda. Sin embargo, el médico ha anexado una nota que dice:

| La paciente Hana se presentó, traía unos cuadros delicados, según sus palabras. Mi inquietud no es un diagnóstico médico o de laboratorio.

No realizamos pruebas, porque nuestra paciente ya no se presentó. |

Damasus. —Si necesitas o deseas hablar del tema, te escucharé. Con la advertencia de que solo me está permitido realizar, y obedecer lo que tú consideres que se deba de saber—.

—Hana, solo te escucharé, no argumentaré, no discutiré, no opinaré. Esto no es una democracia—.

—Mi papel personal será como director y al mando de mi equipo del que formas parte, o como amigo. Mi amistad, respeto y admiración hacia ti me obliga a escucharte como amigo, en verdad te aprecio y mucho. No te estoy dando pábulo. Soy sinceró—.

Hana. —Bien, ...

El azar.

Timbre del teléfono: ring, ring, ring, ... se levanta auricular.

— ¡Mamá¡—

Elena. — ¡Hola hija! sorpresa me das a estas horas de la madrugada. ¿Cómo está, mi hermosa Jipangu? —.

Hana. —Bien mamá; ¡como siempre! —.

—Estaré contigo en tu cumpleaños, me tomé unos días de descanso y los utilizaré para abrazarte y extrañarte menos—.

Elena. — ¡De veras! ... muy bien, entonces prepararé comida para dos, e invitados que quieran acompañarnos—.

Hana. —No mamá, de eso yo me encargaré, solo tienes que abrir tu puerta cuando llegue. Ya sabes que no me gustan las sorpresas, así que ponte bien guapa, y festejamos tu día—.

Elena no puede hablar, sus ojos humedecen de alegría. Su amada hija la visita en su cumpleaños.

Se realiza un silencio ...

Hana. —Tengo novio ...—.

Silencio de nuevo.

— ¿Estás allí? —.

Elena. —Hija, si hay más sorpresas, anúnciamelas, antes de que empiece a llorar como plañidera. Ya se me hacía tarde que no compartieras tu hermosa sonrisa, tus coqueteos, tus bondadosos abrazos—.

Hana. —Quiere conocerte. Llegará por la tarde noche, prefiere ir en su carro y que regresemos juntos. Yo aterrizaré por la mañana, tengo que realizar algunas tareas—.

Elena. —Si lo entiendo. ¿Es piticuy o le vale?, ... ja jajá—.

Hana. —Es igual que yo, mamá. Hasta

quería irse al hotel, para no incomodar. Pero le dije que podía dormir en la casa de firulais, solo que tenía que llevar muchos huesos y carne para sacarlo y le diera permiso de invadir su propiedad—.

—Ja jajá ... hay hija, tú siempre con tus crueles ocurrencias ... —

Hana. —Es de los nuestros, mamá, es sano, inteligente, gentil y me quiere mucho ... —

Elena. —Hum, después abordamos ese tema, pero desde escucharte me agrada, me da mucha alegría por ti—.

Hana. —Además, igual que nosotras, es un gran lector, van a tener mucho de que platicar, es una librería ambulante—.

—Ni se te ocurra quitármelo o habrá otro ataque aéreo a Pearl Elena—.

Elena. —No, no ocurrirá, palabra de girl scout—.

Hana. —Te estoy viendo los dedos de

la mano, mamá, no hagas trampa—.

—Ja jajá ... — sonríen al unísono.

Elena. —Bien, estamos pendientes—.

Hana. —Hasta luego, mamá, te quiero—.

Elena. — ¿Ya viene para acá, Pedro? —.

Hana. — hm, hm, ... quiere conocerte, platicar contigo— abraza por atrás a su mamá.

Elena tomaba su tasa de café, con la vista circunspecta hacia el horizonte, su mano empuñada sobre la cintura, pensativa.

—Te gusta, ¿no? —.

Hana. —Sí, eso creo—.

Elena. —No quiero interferir, pero ...—.

Hana sospechó de sus intenciones, interrumpiendo su diálogo.

—Entonces no lo hagas— dando frágiles palmadas en su hombro.

Elena. — ¿Amas a Pedro? —.

Hana no emite una palabra, observa a mamá con media sonrisa, no dejando ver su sorpresa por la inteligencia para conocer sus sentimientos.

«Se pregunta: ¿quiere asegurarse que Pedro me ama? ¿o qué yo amo a Pedro?».

Por supuesto, qué mamá no sabía de sus problemas de arritmia. Descartaba esta opción en su diálogo.

Elena. — ¿Amas a Pedro? — de nuevo.

Hana. — ¿Quieres decir cómo papá y tú? —.

Elena. —Esa no es la pregunta—.

Da el último sorbo a su tasa de café, la deposita en el fregadero, voltea a ver a Hana con la cara seria.

— ¿Te casarás con él? —.

Hana, con tolerancia, voltea su cara imaginando a Pedro a su lado. Regresa la vista a su mamá con media sonrisa.

—Probablemente—.

Elena. —Escucha, el joven Pedro debe ser listo. Para estar donde está y la calidad de trabajo que realiza, habla bien de su profesionalismo. Por lo que me pláticas de él, llegará muy lejos—.

Hana. —hm, hm— reafirmando con su cabeza.

— ¿Y eso qué tiene de malo? —.

Elena. —Para mí nada. Pero aquí, el tema eres tú— se toma una pausa.

—No es por lo que tú me has expresado e informado de Pedro. Es por lo que no dices, o no me dices—.

Hana. —Quizás no quieres escuchar, o no me estás escuchando— alertando con su tono de voz.

Elena. —Sí que te estoy escuchando, bebe—.

—Te veo sonreír, más no veo entusiasmo,

algún dejo de emoción—.

—Tu relación es el relato de un par de compañeros de trabajo. Parece que se dan todo, que esperan todo, pero tu pasión es seria—.

Hana cambia su tez a bermejo, se siente descubierta, sonríe, se observa sus manos.

—Tener alguien a tu lado es salir de viaje, con equipaje ligero, con libertad, que solo es un lugar para dos, si él es feliz, tú serás feliz—.

Hana. — ¿Eso es todo? —.

Elena. —Sí, es todo, la naturaleza tiene límites. Adaptarse o pasar, por un lado, que nadie salga lastimado—.

Hana. —Está bien mamá, lo haré. Me guiaré por ese camino, haré todo lo posible— sonriendo.

Elena arroja, sonrisa forzada, apenada. Moviendo su cabeza de reproche.

—Yo sé que se escucha ridículo, Hana, cuando el amor se vuelve pasión, obsesión, hacia su compañero. Es de dos y solo ellos pueden escucharse, sentirse. Si uno de los dos es falso, tarde que temprano, lo alcanzará la obscuridad—.

—La guía es el corazón, no la inteligencia. La vida no tiene sentido, si no se ama. Sin remos, la barca no llegará a puerto—.

Hana. — ¿Mamá, y cuál es la versión corta? —.

— ¿Sé feliz? —.

—Mantenerse abierta, escuchar, los caminos de la vida son inciertos, arrojas la moneda, pero no sabrás si atinaste, hasta que pasen cien años—.

Mamá e hija sonríen.

El aeropuerto tiene una belleza autónoma, muy distinta al soporte de otros; no se encuentra vinculada, por tanto, a uno u otro sistema de informática, sino que resplandece en todos sus procesos de control.

Su funcionamiento corresponde a su equipo de trabajo, a su visión intelectual, que exige el servicio de vuelos, esto es, mover de un lugar a otro, personas, cosas y continúen con su rol de llegada, salida, entrega. Basada en la proporción y en una concepción de procesos universales.

Pero en el mismo aeropuerto, el lado opuesto, está representado por las acciones del personal, que en el primer descuido o crecimiento del intelecto se ve afectado por el caos de la armonía o de la desenfrenada infracción de las reglas.

Este desplante del ser humano no es casual. Más concretamente, se expresan algunas conductas significativas difíciles de resolver u otorgarle aceptación dentro de la comunidad.

En este plano de controversias, Damasus necesita definir su liderazgo, y la contraparte de su vida personal. Se abre una peligrosa incisión entre el trabajo y su amor hacia Farah. Pero ellos trabajan para misma empresa, y en su equipo de trabajo.

Damasus. —Es mi deber, establecer una conducta correcta, de tal manera que no afecte el funcionamiento y los procesos de nuestro trabajo—.

—Vamos a casarnos, este proceso cambia en cierta forma nuestra conducta y apariencia de liderazgo. Realmente desconozco por qué se deben realizar cambios antagónicos, la historia dice: estas permutaciones dan respuestas aleatorias, no se sabe cuáles ofrecen buenos resultados y cuáles fracasos—.

—Arrojo un ejemplo: cuando se da empleo a una persona, ¿por qué razón, se le extiende un plazo temporal de 30, 60 días? —.

Farah. —De 1 a 60 días, son los que

permiten aflorar la conducta real del empleado. Psicológicamente, con muchos estudios está comprobado que no podrá ocultar el carácter, su conducta, su educación, la reacción verdadera del individuo—.

Damasus. — ¡Correcto, no falla! —

—Por esta razón, en nuestra sociedad, los sentidos permiten mantener la distancia. Impar es aceptado, el par es rechazado. Uno es armonía, dos despiertan sospechas. Es nuestra reacción histórica para los grupos, los pares carecen de límites de las cosas—.

Farah. —Sí, tienes razón. El poder puede sostener el vínculo de pares, ponderar "nuestro matrimonio". Sin embargo, cada mañana, tomar nuestra aspirina debemos; antes de llegar al trabajo. ¿qué te parece si yo renuncio a la empresa?, las cosas continuarán su cauce normal—.

Damasus. —No, renunciar no es la palabra, mucho menos en tu caso. Té sugiero lo siguiente, si estás de acuerdo, por supuesto—.

—Siempre he pensado en iniciar mi negocio, mi propio despacho de abogados. Hace tiempo lo intenté. Sin suerte. No imaginé que fuera tan pronto tomar esta decisión. Omnia causa fiunt—.

Farah. — "Todo sucede por una razón" — sonriendo pensativa, a la vez orgullosa de la solidaridad de quien será su futuro esposo.

Damasus. —Hacer planes, debemos, tenemos tiempo, tú elige fechas, acomoda tu itinerario, yo no tendré problemas, tengo mi calendario de actividades, algunas hay que finiquitarlas, otras se delegarán. Realizaré mi escrito de renuncia. Debo dejar en buenas manos este proyecto del aeropuerto. Tengo mis ahorros—.

—Contigo a mi lado, todo saldrá bien—.

Farah guarda silencio, sus ojos humedecen.

—Acércate— le pide, lo abraza susurrando a su oído —así será ...—.

Proporción y armonía.

7:30 pm. Ring, ring, ... suena el timbre.

Elena rápidamente desbarata el nudo de su mandil depositándolo sobre el lavadero, con la intención de atender al llamado.

— ¡Yo atiendo! — le dice Hana, corriendo por el pasillo, su rostro lleno de risa, corazón palpitando de júbilo; trémula, acomodando su sonrisa, sus cabellos, su vestido.

Sí, allí estaba enfrente de ella, con su cara tan agradable, de buen humor. Sus contenidos compartidos en el mismo cordón, pensar bien, amar bien. Se abrazaron bien, mientras los ojos de ella buscan alguien más detrás de él, para no dejarlo entrar.

¿A quién? ... a ... «silencio»

Hana. —Después vienes por tu equipaje— le indica.

—Pasa, pasa, por favor, mamá esta

inquieta por conocer a mi príncipe valiente—.

—Hola; soy Pedro. Es un honor conocerla— le extiende su mano con afecto.

Elena se queda sorprendida al ver el rostro de Pedro, le pareció hermoso, bien parecido, seductor, educado. No hizo, sino abrir sus brazos, abrazarlo con ternura y le da un beso en la mejilla.

Pedro. — ¡Muchas felicidades en su día! — con tono mesurado.

Elena. — ¡Gracias Pedro!, me encanta que te hayas tomado todo el tiempo y esfuerzo solo; para venir a felicitarme en mi cumpleaños—.

Hana. — ¡Mama! .... — con los ojos desmesuradamente abiertos, labios muinos, fingiendo protestar.

—Ja jajá ... —los tres ríen al unísono.

Pedro. —No tenga la menor duda de que así será siempre, Madame ... — extendió su brazo en franca cortesía.

Elena. —Pasemos al comedor gentil hombre; una buena cena es muy importante para contribuir a la alegría— invita con amable sonrisa.

—Como verás— dirigiéndose a Pedro —toda la escenografía la preparó Hana, no me ha permitido participar, solo administrar el café—.

Pedro. —Bien, solo permítame ir por mi maletín, por favor y enseguida las acompaño—.

Hana. —Vamos, yo te acompaño— se compromete rápidamente —y de una vez te muestro tu recámara—.

Salen, Hana y Pedro. Abre su porta equipaje. Pedro entrega a Hana un paquete.

Pedro. —Esto es para tu mamá, espero le guste—.

Hana. — ¿Qué es? —.

Pedro. —Es una sorpresa, a ti no te gustan las sorpresas, así que es especial para tu mamá, y tú lo entregarás por mí—.

Hana puso gesto muino, ante la negación de compartir la sorpresa.

—Hum ... está bien, tú ganas—.

Pedro la observa con sonrisa anticipada, por supuesto Hana no se rendiría sin obtener algún resultado ... esperó; solo menos de un segundo ....

Hana. — ¿Qué te parece si me das un adelanto? —.

Pedro. —Bien, es una historia fascinante que te transporta al antiguo Japón e invade el mundo de los samuráis con su código de honor, el bushido. Que estoy seguro, tu mamá conoce, está informada o leída—.

Toma su maleta, exhibe su intrigante sonrisa a Hana que ya inicia su viaje hacia la historia. Además, recordó que en su casa ya contaban con tres figuras, que coincidían con su relato. Sin embargo, eso la hacía que se extraviara más. Ingresan a la casa.

Hana. —Aquí tienes mamá, de parte de Pedro— hace entrega de regalo de cumpleaños —mientras lo abres, le mostraré su cuarto y aquí le esperaremos—.

Hana. —Sígueme .... — indicándole a Pedro, que la sigue obediente.

Le muestra su recámara y lo invita a pasar, que se instale cómodamente. Le indica que lo esperarán en el comedor. Que realmente tenía mucha prisa por ver qué contenía el regalo a mamá. Pedro sonrió al verla desaparecer de su vista, en cuanto entró.

Se acerca Hana al comedor, cuando de pronto escucha el grito de su mamá que exclama sorprendida.

— ¡Ronin de Akō! —.

Hana. — "Ro" que significa "ola", evoca la idea de alguien flotando, sin un destino fijo—.

Elena. — "Nin" que significa "hombre", así que, literalmente, es un "hombre errante" —.

Hana. —Ronin, ... samurái sin amo—.

Los hermosos ojos de Elena humedecen, recordando a grandioso amor de su vida, su esposo. Aquel ser humano bondadoso, bueno, amoroso, leal, ... sí, sobre todo eso; leal.

En eso se acerca Pedro, Elena corre hacia él, lo abrazó con fuerza. Le agradece su bondadoso gesto, le propina gran beso en la mejilla.

Hana. — ¡Cálmate, mamá! — fingiendo poner orden a la situación.

Elena. — ¿Por qué? — pidiendo falsa explicación.

Hana. —Tanto va el cántaro al agua ...— con gesto muino, que ya no pudo disimularlo, no le quedó otra que sonreír —Ja jajá ...— Elena y Pedro se agregan al festejo.

Pasaron las horas sobre la mesa, recortaban, extraían de las páginas de historia, de novelas. Estibando frases, diálogos, que dejan huella en los pensamientos del hombre.

Sus alegrías estimuladas por la misma ideología, valores. Toda una curiosidad de intereses que se forman en sus mentes, navegando por los lugares venerables de la tierra. El carácter del sorprendente mundo en que se vive.

En eso, Pedro se queda observando una fotografía dentro de una armazón de madera colgada en la pared del comedor, con la imagen de un hermoso florero, sobre una antigua mesa de caoba, a un lado un pensamiento, más bien una poesía.

Las damas le observan su distraída atención hacia la imagen, que lo invita a que se acerque.

Elena. —Es muy peligroso si te acercas y lees hermoso pensamiento, querrás hurtarlo ... — retándolo con la sonrisa.

No la escucho dos veces, se levantó y se fue acercando lentamente. Terminó de leerlo, se tomó unos segundos observando en silencio.

Hana lo entendía, sabía lo sensible que era Pedro.

Acompáñame a la mesa...

-Ven, toma asiento...
arroja su gentil voz, sus labios de entrega,
de brazos bellos, misteriosos, dándole forma al tiempo.
Su cuerpo una madeja de atenciones,
acerca y construye todas las bienvenidas,
cuando su sonrisa se abre las flores también se abren,
sobre la mesa un puño de ellas acorraladas,
sostienen su gentil olor de miel y perfumes.
Aquí, la bebida diaria del pensamiento
se adorna de sentido frágil, volátil, resplandeciente.
Ella siembra hacendosas colecciones de instantes,
en espera de la humildad consentida.
Inseparable, ahí esta, a mi lado,
mis quejas se desbaratan, se exprime el sol de mi cuerpo,
mi refugio esta aquí, con ella, el día ha terminado,
el reposo hospeda, la verdad es buena,
lo que estaba mal escrito, florero lo corrigió.

Pedro. — ¿Dónde la consiguió? —.

Elena. —Cuando nació nuestra hija Hana, mi esposo la trajo a casa, solo dijo:

«Para ti»
«Es tiempo de que ocupe su lugar».

Hana. —Alguna vez comentó que el pensamiento lo tomó de un escritor mexicano. Le tomó foto a un florero y le insertó la poesía a un lado—.

Elena. —Como podrás ver, presentamos dos floreros el natural que está sobre nuestra mesa y la imagen de la pared—.

Pedro. — ¿Qué opinan de los escritores de nuestro país? — interesado.

Regresa, toma asiento de nuevo, toma su tasa de café y bebe en espera de la interesante opinión de las damas.

Elena. —Todos son buenos, incluso el que desconocemos, el anónimo. El simple ejercicio de atreverse a tomar papel y lápiz los consagra. Para mí, debe de existir, es una expresión necesaria. Si es bueno, la competencia se tendrá que esforzar por mejorar sus pasquines. Si no es tan bueno, nuestro nivel de cultura seguirá estancado o con los mismos vicios—.

Hana. —No será suficiente con tener buenos temas, escritura, gramática o inteligencia.

Creo que la clave es cuando termina de crear su novela o novelas y estas crearon un estilo propio—.

—Cuando en lo escrito se logran colar los vicios de estilo de otros escritores, en mi opinión se provocan escritos bárbaros o párrafos terribles. Se leen violadas las reglas entre el pensar, la medida y educación del escritor contra lo que ha escrito—.

Elena. — ¿Cómo brota el estilo? — se auto cuestiona.

—De la tierra que pisamos, de su frío, de su calor, de su pobreza o riqueza, de nuestros alimentos, del mar o de ríos, la lista es grande—.

Hana. —Hay también quienes osan ver en el morbo los signos del perfeccionamiento. Como también se dan casos de pretender que la escritura vulgar se encuentra definida en la gramática de la redacción. Según su argumento, hacer reír, minimizar, al contrario, la creación de personajes atrevidos—.

Elena. — ¿Qué se desea que suceda?, o ¿se provoque? —.

— ¿Vender o escribir? —.

Pedro sintió que era el momento propicio para dar una opinión. Elena se dio cuenta al ver el movimiento de su cuerpo.

Elena. — ¿Cuál es tu examen, Pedro? — lo invita.

Pedro. —Bueno, con la libertad que impone la ficción para dar permiso a la creatividad, otorga a la novela las formas perceptibles de los diálogos, se despiertan sospechas ocasionadas por la implicación que producen su fluir perenne, falta de armonía, o por su falta de límites—.

—Por ejemplo, la música autóctona, es disarmónica por que se va creando a partir de lo desconocido. Espiritual, si se quiere adaptar este término—.

—No se tiene idea, ¿dónde empieza? ¿dónde termina? —.

—O una novela donde todos sus personajes tienen la misma hambre. Ellas las dan, ellos penetran. Cuenta, te das que el escritor es el responsable. Tampoco tiene límites, su enfermedad es perenne; entendida, pero sin medida. Todos sus personajes son una apariencia, ritos de posesión perturbadora—.

Hana. —Creo que ustedes quieren llegar a límites insospechados, y no les alcanzará la noche—.

—Ustedes me van a disculpar, yo me retiro, ya no aguanto más mis parpados—.

Pedro se levanta de su silla. Hana se despide de su mamá, la abraza fuerte, junto con un beso.

—Te quiero, mamá— con ojos húmedos y orgullosos de su querida y admirada mamá.

Elena toma su mano, de entre sus manos, con ojos dulces, le dice —yo te quiero más, buena noche, hija—.

Hana gira su cuerpo abriendo sus brazos, lanzándose al cuerpo de Pedro.

Pedro la recibe con sonrisa amable, tomándola entre sus brazos, se abrazan.

Hana. —Te quiero— le dice murmurando.

Pedro. —Yo más— secundando a Elena.

Hana se toma larga pausa, viéndolo a los ojos —sonríe— se dan un beso.

—Espérame mañana ... — se retira dando pequeños saltos por el pasillo hacia su recámara.

Elena y Pedro, sonriendo con el corazón palpitando, la ven alejarse.

Elena. —Es un amor, ¿verdad? —.

Pedro voltea a ver a Elena. Con tiernos ojos responde:

—Es más que eso ... — voltea hacia el pasillo donde la vio alejarse.

Inconscientemente, ambos tratan de

hacer algo de tiempo, que se creara un escudo abstracto entre ellos y el sueño de Hana. En silencio se sirvieron café de nuevo. Ya le habían comunicado a Elena que Pedro quería "conocerla" que en su rancho lo entienden como "platicar" con ella. Así que ella enciende el diálogo.

—Pedro, ¿tú te acercaste a Hana, o ella se acercó a ti? —.

—Yo me acerqué a ella, desde el primer día que la vi; ¿no sé si ella se acercó a mí?, siempre ha sido independiente, igual que sus hábitos. En estas cosas de parejas, me considero torpe. Si desde el primer día que nos conocimos me hubiese proporcionado una oportunidad, cualquier oportunidad, hace mil años, seguro, ya nos hubiéramos casado, cientos de hijos, todo lo que eso acarrea—.

—Mientras más la conozco, más la quiero, en veces me asusta cuando la miro a los ojos, de pronto se vuelve muy inteligente, rápidamente evade los cuestionamientos. Creo que lucha y sufre. La reflexión me lleva a que no quiere pertenecer al mañana, solo quiere vivir hoy. Esquiva él compromiso, hasta me pide que busque otra persona—.

—Está también, es la razón por la que quise venir, conocerla, por supuesto, platicar con usted, largo y tendido, como lo hacemos—.

Pausa ...

—Si le es posible, me hable de ella. A lo mejor, mi método no es el adecuado, ¿qué debo de hacer, para coincidir ... —

Elena lo interrumpe.

—Para, para, ... vamos, ... acompáñame al jardín, trae tu taza de café—.

— ¿Ya me va a enviar a la casa de firulais? — sonriendo.

Elena. —No, Pedro, cómo crees. Además, todavía es muy temprano. A propósito, ¿qué hora es? —.

Pedro. — ¿Aproximadamente, o exactamente? —.

Elena. —Exactamente como decía mi abuelo: los iguales con los iguales. ¡parece que estoy con Hana! —.

Pedro. —1:10 am, temprano todavía—.

Se sientan en las sillas de la mesa de jardín. Pedro se lleva la mano hacia atrás del cuello de su camisa, figurando que acomoda la etiqueta.

—Bien, aquí estoy— mirando directamente a los ojos de Elena.

Elena. —Voy directo al grano Pedro. Lo que te voy a informar es en, con base a lo que me has platicado. Hana no me ha hecho ningún comentario, ni una queja, nada—.

—Su papá murió de muerte súbita. Este ha sido siempre mi gran temor, sobre todo porque es hereditario. Mi hija nunca se queja, no dice nada; no le gusta hacer comentarios. Lo más seguro es que ya ha tenido problemas de arritmia. Por esta razón, no realiza planes a futuro. Te ama, es feliz porque estás a su lado. Por supuesto, no quiere lastimarte, por eso te pide que busques a otra persona.

Pero a la vez, no quiere que te separes de ella. Eres el único amor de su vida, no le conocimos alguien cerca, que hablara de él, como habla de ti—.

Pedro se sintió invadido de oscuridad, sus pensamientos ni siquiera imaginaron, que este era el diagnóstico.

—Este, yo hum ... — simplemente, no sabía que decir, una neblina lo envolvió. Elena lo mira con ternura, también se sintió invadida por el desconcierto. Arrepentida de los juicios que le propinó, de si lo quería, si se casaría con él.

— ¿Qué debo hacer? — sus ojos húmedos.

Elena tampoco sabía qué hacer ... ¿por qué su hija no le dijo que estaba enferma? «sí, por supuesto, morir es el siguiente paso», lo que está en duda, es de cuánto tiempo se dispone.

Ahora ambos sabían, que era demasiado pedir. Ambos se toman largo tiempo en silencio, fijando su mirada al abismo de la incertidumbre.

Pedro. —Sí— con franqueza —de cualquier manera. Mmm... quiero que se asegure del diagnóstico de Hana—.

Elena. —Eso es ... eso es más difícil— se levanta de su asiento, nerviosa. Se limpia la garganta.

—Hana es difícil— convencida, además de que representaba ponerla en evidencia, le asustaba saber cómo reaccionaría. Ignorando también, desde cuando iniciaron sus síntomas de arritmia.

— ¿Qué vas a hacer ahora? — lo mira con desacierto.

Pedro. —Misma rutina, aquí no ha pasado nada. Hasta no tener noticias de usted. Aunque el diagnóstico sea afirmativo, no daré vuelta atrás, seguiré con ella hasta el final. ¿Quién sabe? en veces la naturaleza es bondadosa—.

Elena. —Ah ... finalmente la alcanzamos, ... ¿uh?, debemos dormir bien o terminaremos agotados—.

Pedro. —Sí—. se lleva su mano a la boca, dándose masaje (resopla) —sí, se podría decir eso—.

Guardan silencio, se observan con sonrisa ajena. Pedro se muerde los labios.

—Entonces, de todos modos ... sí ... está bien ... sí— se levanta de su silla, toma dirección hacia el interior.

Elena lo detiene, tomando de su brazo le dice:

—Eres una gran persona, Hana está orgullosa de ti, y yo también ahora que te conozco, y que has abierto tu corazón—.

Lo abraza, le da un beso en la frente.

—Gracias, por venir, por cuidarla—.

—A dormir, hasta que el cuerpo se rinda, Hana ya te mostró tu recámara, no te perderás, ¿verdad? —.

Pedro. —No, está bien, el camino es sencillo. Buena noche—.

Elena. —Buena noche, Pedro—.

Fin de Singularidad.

3:33 am. Asfixia abstracta y compleja, se apodera de sus sueños. Combate dos cosas no relacionadas que divergen de lo hereditario; con la falla arterial de su arquitectura cerebral.

Desacuerdos intangibles intentan inferir. Metáfora de sueño, dolor y tiempo crean profunda división. Luchan por llevarse la presa.

En su viaje el timón no tiene rostro; sin aire, sin eco. La verdad se niega más que la mentira. TRES, ... dejó de existir ...

Diluyó la singularidad cuerpo-tiempo de Hana. Comportamiento inusual de su autodestrucción. Danza trementina rodea el espacio de su cuerpo ... una frase lejana de su antiguo hábito se precipitó de su última bocanada de aire ...

... ...
tarde que no entre conmigo en la noche,
enorme descanso solemne
que entretiene mi sueño, mi mañana.

Elena se encuentra en la cocina, realiza su cotidiano ritual: preparación del café. Lo que quedaba de la noche, Pedro no pudo dormir. A las primeras luces del amanecer se tomó su baño. Recostado, toma un libro para leer. Esperó los primeros ruidos del exterior, para salir de su cuarto.

—Buen día— saluda, aproximándose a la barra de la cocina. El olor del aromático café, ya se había expandido por el área.

Elena. —Buen día, Pedro. Ya está listo el café, ¿te ofrezco una tasa? —.

Pedro. —Sí, por favor— su tono bajo, casi murmullo.

Tono que Elena interpretó rápidamente.

— ¿Dormiste? — igual en tono bajo, acercó su taza de café, cuchara y azúcar. Realizó un intento rápido de ver por el pasillo, por si Hana se acercaba.

Pedro. — ¿Hana le comentó lo del azúcar? —.

Elena. —Sí, dos cucharadas ... te tiene bien checadito .... ja jajá. La verdad es que no pude dormir bien, me urgía que amaneciera—.

Pedro. —Sí, yo sí que no dormí nada, pensé que sería la primera que vería, pero le hemos ganado—.

Elena. —Sí, muy raro en ella. Aunque realmente la vi muy cansada, casi débil, cuando se retiró a dormir. No es raro en ella, que busque rápido ir a dormir, tiene la rutina de las gallinas de rancho—.

—Así ha sido siempre; desde niña. Siempre sigue a su amigo sol, se esconde y ella busca dormir—.

Pedro. —Anoche aproveché para leer por enésima vez Canek de Ermilo Abreu—.

Elena. —De seguro te quedaste un buen rato pensativo con Intimidad 38 ... —lo vio a los ojos con sonrisa buena.

Pedro empezó a citar la prosa:

Guy se limpió una lágrima; Canek preguntó:

Elena:
— ¿Exa? —.

Pedro:
Canek puso una mano sobre el pecho de Guy. Guy dijo:

Elena:
—Exa—.

Pedro:
Y Exa se fue como vino: en manos del viento.

Elena y Pedro guardan silencio, ... crean silenció ... sus ojos se humedecen.

Elena. —Me encanta todo lo que escribe Abreu. Para mí, el mejor, ¿no habrá otros escritores, así como él?, profundo, bondadoso, amable, increíble—.

Pedro. —Sí, sí, los hay, son contados, muy dispersos. Pero los hay. Me ha tocado leer algunos como Knulp de Hermann

Hesse, escritor con la misma textura—.

Elena de pronto arquea las cejas, arroja la vista hacia el pasillo. Inquieta, dice:

—Sabes, creo que a mi niña se le pasó la mano ... voy a tocarle a su cuarto, al menos preguntarle qué desea desayunar ... —.

— ¿Me disculpas? —

Pedro. —Sí, sí, claro, adelante. Aquí espero ... —.

—Con su permiso, me serviré más café —.

Elena. —Todo el que gustes, nos tenemos que acabar todo el depósito de café— sonriendo. Continúa sus pasos hacia la recámara de Hana.

Noticia.

Siguiente día. 5:30 am.

Llega Damasus y toma su lugar en su oficina. Su secretaria se para bajo la puerta, le anuncia:

—Hace media hora le llegó un correo electrónico, urgente. Se lo envié a su buzón. Le traigo su café—.

Damasus. — ¿Sabe qué cuenta lo envía? —.

— Sí, envía Pedro—.

Damasus. —Gracias, ya lo reviso—.

Damasus da lectura al correo, y en la medida que lo va leyendo, se va poniendo de pie. Lo empieza a invadir temblor en su cuerpo, angustia, impotencia, tristeza ...

Vuelve a dar lectura a correo, con la esperanza de que hubiese equivocación, que no fuese cierto ... toma su teléfono, le llama a Farah, la necesita más que nunca, le pide que pase a su oficina.

Ingresa Farah a la oficina de Damasus, se asombra, no lo reconoce, toda su piel de color bermejo, sus ojos húmedos.

Farah. — ¿Qué pasa?, ¿por qué estás así? —.

Damasus. —Recibí este correo, necesito que le des lectura, tómalo con calma, por favor—

Farah se dirige al escritorio y toma asiento, sobre la pantalla, da lectura a correo.

Termina la lectura, voltea a ver a Damasus, con la cara angustiada, lágrimas recorren su piel.

Exitus letalis.

Cementerio. Elena y amigos, ÛNUS, Esteban, DUO, Miguel, Sofía, QUATTUOR.

Elena. — ¿Quién lo hubiera pensado?

—

—No he contado los días hasta este momento. Para mi sorpresa, el día la encontró, pero su vela se apagó, la oportunidad de descansar ... para nosotros, como para ella, hacer otras cosas por primera o última vez—.

—Sí, es un momento de pérdida. Nos quedamos con el recuerdo de sus logros, contribuciones—.

—Decir adiós es más difícil de lo que pensé ... —.

—Dejaste huellas en nuestra vida, virtudes que cultivaste, valores que nos transmitiste. Ni una queja, callada, reservada, bondadosa, generosa, diste amor y servicio a los demás—.

—Hana ... encuentra consuelo; mis sentimientos se atreven a pronunciar: —.

— «No acabará en muerte» —.

—Se te ha entregado el descanso, seguirás tu camino. Sí; me has dejado. Ten por seguro que allí te alcanzaré. Descansa en paz, amada hija—.

Después de mañana.

Cuatro meses después.

Pedro. —La verdad es que no tengo nada. La perdí y siempre se me viene encima la pérdida—.

—Cada vez que guardo silencio, la pérdida vuelve a presentarse. Para no ser sorprendido, tomo todo el aire que puedo, buscando en la profundidad por dónde escapar—.

Sobre la silla, sacude su cuerpo de la cintura hacia arriba, moviendo su cabeza para ambos lados.

—Me dio permiso para que mis sueños la nombraran. Pero desde el momento de su ausencia, se ha vuelto agotador—.

— ¿Qué voy a hacer? Si todo lo que pienso es solo en ella ... no sé, si lo poco es mucho, o si lo mucho es ella ... —.

Damasus. —Todos los racionamientos

son legales, Pedro, más no siempre se tendrán las respuestas a todo lo que está detrás y después de la vida; antes de nacer, después de morir—.

Pedro. — ¿Entonces cuál es la razón para vivir? —.

Farah. —Bueno, no a todos nos pasa lo mismo. Somos diferentes historias. Todos los sucesos son un ejemplo para el prójimo. —

—En este suceso no tengo idea de cuál es el ejemplo, ¿para qué?, ¿por qué? —.

— ¿Tiene que haber culpables? —.

—Ella no eligió darse por vencida, ¿por qué guías tus pasos a ese rincón? —.

Damasus. —La naturaleza también está en posición fuera de tiempo—.

Pedro. — ¿Qué es estar fuera de tiempo? —levanta su cabeza, observando a Farah, interrogando con los ojos húmedos.

Damasus. —Cada ser vivo crea su propio universo. Si dentro de aquel nuevo ser viviente o germen, no es alimentado a tiempo o suficiente con la información en sus cadenas, ligas, nutrientes. La planta crecerá con deficiencia, niños nacerán enfermos, con error genético—.

—Si somos drásticos en nuestra apreciación. Nosotros mismos somos los responsables de los resultados, otorgados por la herencia—.

—No aceptado por nuestra conciencia, el sufrimiento nos lleva a la ceguera—.

—Es todo lo que puedo decir, tus amigos aquí estamos, la vida sigue—.

Farah. —Todavía hay una luz que te sostiene, eres buena persona, inteligente, quienes te queremos, te apoyaremos, cuentas con nosotros. Mantén contigo la ilusión—.

Pedro. — ¿Es cierto que has renunciado a la empresa, Damasus? —.

—Cierto— contesta con aplomo.

Pedro. — ¿Se puede saber por qué? —.

Damasus. —Farah y yo nos casaremos. Y como es sabido, no podemos o no debemos laborar en la misma empresa—.

—Es una política aceptada tácitamente. Farah continuará laborando en aeropuerto, yo iniciaré mi propio despacho de abogados—.

Pedro se queda sorprendido ante la noticia.

—Este sí que es un golpe duro para la empresa, sobre todo para nosotros; tu equipo—.

Damasus. —Es lo que menos preocupa querido amigo. En este país hay gente muy buena, profesional, así como tú. Hay que seguir adelante—.

Pedro. —supongo que te pidieron sugerencia o alguna recomendación, para el puesto—.

Damasus. —Si, la pidieron. Pero me negué a dárselas. De cualquier forma, la administración ya tiene seleccionada la gente, solo tienen que decidir por uno. Y entre ellos están ustedes tres del equipo: Sofía, Farah y tu Pedro— sonriendo con orgullo.

Pedro. —Los felicito por su matrimonio, en verdad me hace sentirme muy feliz que dos personas que admiro y respeto unan sus vidas, serán muy felices—.

Damasus. —Estás invitado a nuestra boda, Pedro, con o sin invitación que se te hará llegar. Farah desea que seas la persona que me acompañe en el altar—.

Pedro. —Será un honor acompañarte y entregarte a tu nuevo destino—.

Damasus. —Gracias Pedro, luego nos

ponemos de acuerdo para los detalles y aquí quien se encarga es el timonel. Ya sabes, ni que se nos ocurra protestar o dar alguna opinión—.

Pedro. —Cierto— sonriendo convencido.

— ¿Cuándo te retiras? —.

Damasus. —Realizamos planes para retirarme antes de casarnos. La empresa me ha pedido que me retire después. Que no tienen inconveniente en que trabajemos juntos, también necesitan tiempo para elegir al nuevo director de aeropuerto, la vacante de Hana, que es la que más tareas importantísimas dejó—.

— ¿Por qué lo preguntas? — extrañado.

Pedro. —No, solo por saber ... — con dejo de vacilación, dejando a Damasus con la interrogación, la duda del proceder ...

En los pensamientos de Damasus el escenario de las preguntas de Pedro, después de su ultrajante episodio, pasan incisivas y rápidas por su imaginación, se pregunta cuáles serán sus planes, sentía que había una fuerza oculta que le iba quitando su interés por continuar ... tal vez allí ...; en su trabajo ... apoyó las puntas de los dedos de una mano sobre la palma de la otra, tocándola apenas ligeramente.

—Bueno, habrá que dar tiempo al tiempo— pensó.

Y vio los ojos de él, pensativos, que lo miraban desde su asiento; y esta imagen barrió todos sus escrúpulos.

Ausencia.

Un año después.

Se estaciona un libre en dirección. El pasajero se dirige a la puerta de la casa y presiona el timbre, anunciando su llegada.

Se abre la puerta del hogar.

Elena. — ¡Pedro! qué sorpresa ... ¿qué andas asiendo por aquí? —.

Pedro. —Vine a visitarla, solo vengo de pasada, en unas horas estaré de regreso al aeropuerto. Pedí mis vacaciones, y realizaré algunos vuelos hasta llegar a mi destino—.

Elena. —Pasa, pasa, Pedro, qué alegría verte—.

Elena abre sus brazos, dándole caluroso abrazo, enseguida le propina un beso en la frente.

Elena. —Toma asiento, Pedro, mientras voy por un par de tazas de café y platicamos, ¿te parece? —.

Pedro. —Sí, por supuesto ... — con alegría.

Enseguida llega Elena con un carrito donde carga con un termo lleno de café, dos tasas, azucarera, una cuchara y servilletas de tela bordadas con varillas de bambú, disponiéndolas sobre la mesa del comedor.

Elena. —Ya me enteré de que Farah se queda en el lugar de Damasus en la dirección del aeropuerto— sonriendo orgullosa.

Pedro. —Sí, fue el mejor trato que pudieron haber realizado. Farah es la mejor, la dirección se quedó en buenas manos—.

—Damasus como siempre exitoso, maneja su propio despacho de abogados—.

Elena lo ve a los ojos, impresionada de lo cortés y grandiosos elogios de apoyo que presentaban sus palabras. Aunque sin que se diera cuenta detrás de aquellos ojos, una sombra inevitable de tristeza, o tal vez callada, asomaba.

Pedro se limpia la garganta para iniciar

su diálogo y presentar la razón de su visita.

Pedro. —Elena, principalmente vine a saludarte, para saber cómo estás. Lo que te voy a comunicar e informar, solo tú lo sabes. Te voy a pedir que no comentes y que no sabes nada. Pedí mis vacaciones, ya no regresaré, mi carta de renuncia, se entregará una semana antes de que se terminen mis vacaciones—.

—La gente que deje en, mí lugar, en Control de Tráfico del Aeropuerto, está capacitada, nadie extrañará mi ausencia. Las personas que se quedaron tienen la experiencia, son profesionales. Lo que tendrán que elegir es quién se quedará de responsable—.

—Mi avión saldrá de aquí de Monterrey a los Ángeles, CA. transbordaré a otro vuelo hacia Vancouver, Canadá, de allí me traslado a Banff y a Lake Luis. Allí me quedaré, por un tiempo. Después, ¿no lo sé? —.

Elena. — ¿Por qué, Pedro?, ¿por qué así?, dejas todo, tu trabajo, tu profesión, tus amigos, ¿a dónde quieres llegar? —.

El recuerdo de Hana, de aquel ser amado, hizo que un rubor repentino subiera hasta sus mejillas, sus ojos pensativos, perdidos. Se le había infundido otra nueva naturaleza, que el contagio de los sueños le inundaba el alma, transformando en desconfianza malhumorada que de ordinario tenía, de pérdida de verdadera vitalidad.

Pedro. — ¿No lo sé?, solo sé que se me dificulta permanecer realizando lo mismo. Necesito retirarme, hasta hoy todo tiene relación con la persona que perdí. No puedo respirar, concentrarme. Me da miedo realizar mi trabajo, que aparte es muy delicado, apenas sé a dónde voy—.

Elena se le quedó mirando con asombro, respiró despacio, tomó su tasa de café dando unos sorbos.

Elena. —Entonces, ¿no tienes idea de cuándo vas a regresar? —.

Pedro. —No— con voz neutra.

Elena sorprendida ante la rápida respuesta. Pedro voltea a su rostro.

— ¡Hey, amiga!, nada es para siempre, excepto el quererse; ¿creo? — sonriéndole.

Elena. —Bueno, si tú lo dices ... eso ya es un alivio— arqueando sus cejas, en tono esperanzado.

Pedro. —Termino mi taza de café y me retiro, apreciable Elena, tengo que estar una hora antes en el aeropuerto—.

Elena mueve su cabeza en aceptación, se enterneció, no podía emitir una palabra.

Pedro. — ¿Qué me cuenta usted?, ya veo que en su jardín ya no existe la casa para firulais.

—Sí, ... hombre ha muerto— con acento norteño, que de vez en cuando arrojaba en sus conversaciones. Ahora aquel hogar lo sentía más oscuro y silencioso, el ambiente adusto y cansino, las novelas repartidas por todos los espacios, como si los leyera por párrafos en el transcurso del día, pero sin dejarlos descansar, leerlos era la prioridad de su vida, mantenerse con las actividades de los personajes novelescos.

Ella se había rendido, también, dos pérdidas: su esposo y su única hija, no eran para menos ...

Elena. —Acompáñame al jardín, Pedro, trae tu taza de café— le pide.

Pedro voltea a ver el reloj de pared, aún tenía tiempo suficiente, toma su taza de café y sigue a Elena.

Una vez afuera, toma la manguera y abre el grifo para dar una regada a sus plantas.

Elena. —Estas mis amigas y las novelas son lo único que me queda para continuar en esta vida, de vez en cuando los hijos de mis amigas traen a mis amigas, se quedan un rato, disfrutamos el café y las pláticas angustiosas, repetitivas de cada estación, por supuesto yo también repito las mismas aventuras, si es que las recordamos. Pero igual sonreímos, tú sabes, la sonrisa es la destreza de lo que nos queda en el alma—.

Termina de regar sus plantas y se dirige a cerrar el grifo.

—Vamos, te acompaño a la puerta de salida, que no llegues tarde a tu vuelo—.

Pedro. —Ya está estacionado el libre afuera, esperándome. Llegaré bien y a tiempo—.

Elena. —Sigues igual de cuidadoso con tus movimientos, es un hermoso hábito, precavido y eficaz.

Pedro, la sigue hasta la puerta de salida. Pedro, con sus ojos húmedos, abre sus brazos para abrazarla y despedirse. En cierta forma se había arrepentido de visitarla. Sintió que solo le trajo recuerdos su presencia, hacerla sentir más soledad. Aunque su actitud era fuerte y concentrada, aceptaba totalmente su condición.

Elena. —Cuídate, Pedro, encuentra pronto tu propia felicidad, no la sueltes, es a lo único a lo que tenemos derecho—.

Pedro. —Así será Elena, estas siempre en mi corazón, adiós—.

Elena. —Adiós, Pedro—.

Sospecha.

Farah. — ¿Alguna noticia? —.

Damasus. —No, nada. Tengo aquí alguna información de lo que he podido investigar—.

Le entrega documentación a Farah para que la lea. Mientras le informa de otros movimientos realizados por Pedro.

—Una semana después de que falleció, Hana puso en venta su departamento, no se alejó hasta que lo vendió, vendió su auto, pidió sus vacaciones y partió—.

Farah. —Aquí dice que compró boleto de avión con destino a Monterrey. Seguramente llegó con la mamá de Hana. Ella debe de saber algo de su paradero—.

Damasus. —Ya me comuniqué con Elena, su mamá. Me informó que la visitó, que le sorprendió su visita y le alegró el día. Pero es todo lo que sabe. Le comentó que llegó allí por trabajo y traía prisa. Pero no le comentó más—.

Farah. —Por lo pronto sabemos que está bien, de seguro le pidió a Elena que no comentara nada, que no proporcionara más información. Simplemente, ¡se peló! ...—.

Damasus. —Ustedes se conocen desde jóvenes, lo conoces. ¿Qué crees que haya hecho?

Farah. — Aunque le haya conocido, las personas realizamos decisiones inconcebibles, con más razón después de una tragedia. No creo que se vaya a suicidar; él no es de esa clase de persona. Puedo pensar que se quiere desconectar del mundo que lo rodea—.

Damasus. —Su mamá era de puerto, su papá pescador y navegante. ¿crees que se irá a puerto? —.

Farah. —No lo sé, es una probabilidad. En sus tiempos de estudiante su anhelo era salir, prepararse en la aviación, ser profesionista, ama con delirio lo que hace, orgulloso, sensible y suspicaz. Su estancia en el puerto era muy poca cosa para él—.

—Igual que su padre dominaba el medio, el navegar, el mar, temerario. Cada cual tiene su habilidad, la vida siempre está en juego—.

Realiza una larga pausa, pensativa.

—Pero creo que tienes razón, salir de este mundo e ir a ese otro mundo, alejado, siempre navegando. Será feliz, muy feliz allí. Si alguna vez lo buscamos, lo encontraremos sobre el mar. Si alguna vez nos busca, vendrá del mar—.

Damasus. —Bien, creo que en camino debemos seguir— sonriendo afablemente.

Navegante.

Tres veleros con viento en popa se deslizan sobre mar abierto. En uno maniobra Jesús, en el otro Alfredo, delante de ellos, un hermoso velero, en ambos lados de su proa, acuñado con el nombre "Arcángel & Hana", sentado en la popa sobre el timón, maniobra Pedro.

El olor del infinito
se escapa de entre los vientos,
la nave espera en la orilla del océano
en otra orilla.
Tiempo y viento siempre esperan,
no dejan de moverse,
uno marca, el otro empuja,
uno no regresa, el otro da vuelta,
uno nace, el otro viene de lejos,
uno se crea, el otro siempre existe,
sí, para sorpresa ... siempre esperan,
cuando no se mueven,
es que dormimos,
cuando viento descansa,
las nubes ya no tienen valor
para la rebelión,
ni para amotinarse.

CONCLUSIÓN

Drama, alegoría, relato, no. Es una lúcida descripción de la generosidad de valores en la existencia contemporánea.

Autenticidad de sentimientos, la determinación implícita de personajes conquistadores, de coherencia moral, personajes auténticos.

Para ellos, la vida tiene sentido cuando es motivada por el deseo inmenso de ser alguien, compartir, ser feliz.

Latentes sentimientos de amistad, complicidad, amor, asombrosa belleza. Actores cuidadosamente escogidos, se conducen con sabiduría y sensualidad, explorando sueños inconfesables.

Sus voces traviesas narrativas conducen a emociones, expresiones de afecto y apoyo, oscilando entre lo antiguo y el mañana.

ÍNDICE

Made in the USA
Middletown, DE
20 November 2024

64665196R00179